뿔난 그리움

뿔난 그리움

김택근 지음

초판 1쇄 발행 2003년 8월 28일
초판 2쇄 발행 2003년 10월 10일

기획 편집 이덕완 박일구
마 케 팅 강병찬
펴 낸 곳 꿈엔들
펴 낸 이 이승철
출판 등록 2002년 8월 1일 등록번호 제 10-2423호
주소 121-865 서울 마포구 연남동 229-13
전화 02) 332-4860 팩스 02) 332-4861
E-mail dreamnfield@hanmail.net

값 9,500원

ISBN 89-90534-02-X 03810

뿔나는 그리움

김택근 산문집

꿈엔들

길 낸다고 난리여. 우리 동네도 다 잘려나갔어. 길이 마을을 쓸어버린거
지. 길을 함부로 내면, 길에서 사람이 사라지면 말세야. 성경에 나와 있어.

– 지난 장마에, 고향에 묻힌, 외삼촌 박길남

책머리에

시간을 토막 낼수록 우리는 시간에 찔린다. 멀리서 보면 현대인들은 지금 지식의 거미줄에 걸려 파닥거리고 있다. 새천년에도 문명은 바벨탑에서 내려오지 않고 있다. 인간이 오랫동안 갈고 닦은 이성은 너무 날카롭고 정교하여 야성의 아둔함이나 미욱함을 용서하지 않는다. 과학은 볼품없는 것들을 줄 세워 놓고 그 '못남'에 매질을 하고 있다. 실로 우리 곁의 많은 것들이 잊혀졌거나 떠나갔다.

너무나 잘나서 못난 현대인들. 늘 허기진 사람들. 아픈 삶에, 멀어져간 것들에게 내 체온을 불어넣어 주고 싶었다. 물론 아주 작은 소망이다. 하지만 내 글이 누군가의 실체가 없는 고독에, 까닭 없는 분노에 스며들었으면 하는 바람이다. 체온을 함께 나눈 것들과 어깨동무를 하고 무엄한 시대를 건너가고 싶다.

이 책에 실린 글들은 최근 5~6년 동안에 쓰여 졌다. 경향신문에 1년 가까이 연재된 「김택근의 책과 세상-숲정이에서」가 가장 큰 줄기이다. 세상을 향한 나의 분노가 결국은 사랑이며 그리움이었다는 것을 글을 정리하며 알았다.

세상에 나를 알림이 부끄럽지만 책을 펴냄이 솔직히 설렌다. 나를 사랑하고 키워준 사람들께 이 책을 바친다. 정성스레 책을 만든 '꿈엔들' 식구들에게 감사드린다. 이 책이 늘 풀어지는 '철없는 가장'을 다시 당겨준 아내 옥숙과 누리, 솔, 민석에게 기쁨이었으면 좋겠다. 어머니가 오래 사셨으면 좋겠다.

여름 한가운데서 김택근

차 례

제1부

사람과 사람 사이

제 1 부

사 람 과 사 람 사 이

가을, 해질녘, 외딴집

가을은 차고 맑고 선명하다. 떨어지는 잎, 잎, 잎들…. 숲이 어디로 보내는 기별일까. 황홀하게 세상을 밝히고 떠나가는 저 잎들한테도 차마 부르지 못한 노래는 있을 것이다. 시리도록 푸른 하늘을 보고 있으면 까닭없이 눈물이 난다. 가을바람은 어디서 태어났기에 이리도 맑을까. 나를 벗기기에는 더없이 좋은 시간들이다. 나는 어떻게 살아왔는가. 이렇듯 많이 흘러왔구나. 내 곁에 있던 사람들은 다 어디로 갔을까. 멀리서 갈대들이 손을 흔든다. 저 흰 손들은 미소일까 울음일까. 사연을 지고 길 떠나는 사람들이 풍경이 될 즈음에서 가을은 끝이 난다. 누군가에게 내가 살아있음을 알리고 싶다. 모든 것이 간절해진다.

노란 은행잎과 붉은 감잎, 이별, 낙엽, 떠남, 10월의 마지막 밤, 고향, 귀뚜라미, 텅 빈 들녘, 잎 떨군 감나무 끝가지에 매달린 홍시, 빈집의 장독대, 키 큰 미루나무 위에 걸린 새집, 어둠에 쫓기는 길손, 집 없는 아이의 눈물, 기러기의 날갯짓…. 가을은 이런 것들을 품고 깊어간다.

열매 떨구고 잎 떨구고… 벌거벗은 제 몸이 부끄러워 하늘을 똑바로 쳐다보지 못하고 고개를 떨구고 서있는 나무들, 그 사이를 지나 숲길을 걸어 가을 집으로 가보자. 외딴집에 들어가 가면을 벗고, 자신을 가두었던 이름도 벗어버리자. 그리고 숨가쁘게 살아온 삶, 그 이력서를 불쏘시개 삼아 끌고 온 생(生)에 불을 지펴보자. 내 마음에, 몸에, 혼에, 세월에 스며든 것들. 아주 오래된 것들. 낯익은 것들. 슬픔이 배어나고 추억이 스며있고 굽이침과 고요가 있는 것들. 한때의 열정과 한때의 사랑과 한때의 미움이 섞여서 연민을 만든 것들. 가을은 이런 것들을 익혀 내놓는다. 자꾸 그리움을 생산한다.

쓸쓸함, 떠다님, 흘러감… 덧없음, 소용없음, 의미없음…. 생은 볼수록 태울수록 남루하다. 가을은 잊혀진 이름과 얼굴들을 불러온다. 문득 주위를 돌아본다. 나 홀로 가을 한복판에 서있다. 늘 껴안고 부비고 어루만졌던 것들은 어디로 흘러갔는가. 비워 내면 빈 곳이 아린 가을. 온갖 풀벌레 소리가 자란다. 인간의 울음도 자란다. 더듬이로 자란 생각이 그리운 것들을 불러 모은다. 사람이 그립다. 왜 가을은 우리를 외딴 곳으로 끌고 갈까. 이윽고 죽음의 냄새가 난다. 그러나 전혀 음산하지 않다. 잎 지는 가을 오후에 『메멘토 모리, 죽음을 기억하라』(김열규 지음)를 펴들고 천천히 읽는다.

갈색 마을 안을 어둔 것이 걸어서 지나간다.

여러 번 가을 돌담에다 그림자를 지우면서.

사내와 여자가 지나가고 이윽고 죽은 이가 나타나서는

사람들의 싸늘한 방에 잠자리를 편다.

오스트리아 시인 게오르크 트라클의 시 「가을 해질녘」이다. 죽어서 이름
도 지워진 그 누가 무덤 속을 나와 우리 곁에 잠자리를 편다니…. 맞다,
가을은 그래서 서늘한 기운이 넘실댄다. 가을 산하를 덮는 노을은 어느
때보다 차갑다.

인간은 자신의 죽음을 지레 내다봄으로써 죽음을 사유하고, 그럼으로써 항시 죽
음을 자신 속에 간직하고, 드디어는 죽음과 함께 살아가는 것이다. 죽음과 함께
살지 않는 삶은 있을 수가 없다.

죽음과 함께 뒹굴며 죽음 속에서 삶을, 삶 속에서 죽음을 보는 김열규의
성찰이 예사롭지 않다. 누구는 '맥박, 그것은 제 무덤을 파는 삽질소리'
라고 했다. 그렇다. 삶이 죽음을 기른다. 삶이 없이는 죽음이란 있을 수
없다. 그렇듯 낙엽 속에서 새싹을 본다. 새싹에는 다시 죽음이 자랄 테니
죽음은 비움이고 비움은 다시 채움이다.

노을이 진 후 어둠이 내리고 다시 어둠이 빛을 빚는다. 빛은 어둠을, 어

둠은 빛을 품고 있다. 늦가을은 하루로 치면 아무래도 노을빛 시간이다. 우리는 지금 노을에 묻혀 있다. 노을에 모든 인연과 아픈 기억들을 사르면, 그것은 또 다른 꿈으로 다시 태어나리. 노을이 비치는 동안에는 떨어지는 잎, 잎, 잎들의 마지막 노래가 되고 싶다.

아 참! 누구일까, 내 옆에서 서늘하게 잠자고 있는 사람은. 보이지 않아도 누군가가 있다, 가을엔.

나무들이 가을 끝에 서 있습니다.

새들도 노래 한 섬 부려놓고는 어디론가 사라졌습니다.

낙엽을 밟으며 숲길을 걸으면 서늘한 기운이 올라옵니다.

누군가 등 뒤에서 나를 부르는 것 같습니다.

나를 부르는 환청, 돌아보면 아무도 없습니다.

비로소 드러난 하늘엔 그리움이 서립니다.

누군가 부르고 싶습니다.

가을이 깊을수록,

가슴이 시릴수록 사람이 그립습니다.

아무리 찾아도 나는 보이지 않고 까닭없이 슬퍼집니다.

잎 진 가을 끝에서 누군가를 부르면 틀림없이 목이 메일 겁니다.

시인의 나라

시인이 쏟아져 나오고 있다. 주부시인들이 부쩍 늘었다고 한다. 시인이 거지보다 많다는 우스갯소리도 나돈다. 물신(物神)의 유혹에 시적 감흥이 자꾸 줄어들고, 시심이 메말라간다는데도 시인은 어느 때보다 많다. 대학마다 문예창작과를 설립하여 시인들을 양성하고, 사회교육센터 같은 곳에서는 시를 잉태하고, 그걸 품었다가 출산하는 방법을 구체적으로 가르치고 있다. 흡사 요리강습처럼 어떤 이미지에는 어떤 양념을 쳐야 그럴 듯한 맛을 우려낼 수 있다고 세밀하게 알려준다. 신춘문예, 문예지 현상공모, 문학잡지 신인상, 시 전문지 추천으로 마음만 먹으면 시인 되는 길은 열려 있다. 어떤 이는 "동인지 성격의 문예지를 창간하고 자기네끼리 시인(문인)을 붕어빵처럼 찍어내고 있다"고 폭로했지만 그것은 이미 알 만한 사람은 다 알고 있는 일이었다. 거기에 돈까지 오고간다는 것을….

그럼 이 땅에 시인은 얼마나 될까. 등단 매체가 어디냐에 따라 다소의 논란은 있을 수 있겠다. 하지만 어떤 통과의례를 거쳤건 "내가 시인이다"라고 말하는 사람을 시인으로 치면 만 명 안팎에 이를 것이라고 한다. 시인 1명이 1년에 10편의 시를 쓴다면 우리나라에서 한해에 10만 편의 시가 생산되는 셈이니 가히 시의 나라이다. 10만 편의 시가 계절의 정취를 담아내고, 사회 곳곳의 아픔을 품어주고, 지친 삶에 생기를 불어넣고, 상한 영혼을 일으켜 세우니 우리 사회는 참으로 사랑과 인정과 정의가 넘쳐야 하지 않을까. 헌데도 우리 사회는 여전히 각박하고 메마르다. 세계에서 가장 많은 시인들이 밤마다 시로 계절을 노래하지만 정작 자연은 맥없이 돌아누워 있다.

우리 민족에게는 시를 향한 원초적 그리움이 있는 것 같다. 그 옛날에도 장부의 으뜸 멋은 시를 잘 짓는 일이요, 시와 부(賦)를 짓는 힘과 솜씨로 인재를 뽑았다. 그 일꾼들이 나라를 끌고 간 고려와 조선시대는 가히 '시인의 나라'가 아니었는가. 소위 조선의 동량들은 모두 사서삼경(四書三經)의 토양 위에 시의 꽃을 피워 올렸다. 그러나 그 당시에도 시에 대한 내용과 깊이를 둘러싸고 논란이 있었다. 고통없이 시를 짓는 이들을 준엄하게 꾸짖었다.

예스러우면서도 힘 있고, 기이하면서도 우뚝하고 웅혼하며, 한가하면서도 뜻이 심원하고, 밝으면서 환하고, 거리낌 없이 자유로운 그런 기상에는 전혀 마음을 기울이지 않고, 가늘고 미미하고, 자질구레하고 경박하고 다급한 시에만 힘쓰고 있으니 개탄할 일이다⋯. 임금을 사랑하고 나라를 근심하는 내용이 아니면 그런 시는 시가 아니며, 시대를 아파하고 세속을 분개하는 내용이 아니면 시가 될 수 없을 것이며, 아름다움을 아름답다 하고 미운 것을 밉다 하며, 선을 권장하고 악을 징계하는 그러한 뜻이 담겨있지 않은 시는 시라고 할 수 없는 것이다.

실학자 다산 정약용(1762~1836)은 당시 가늘고 경박하고 덜 익은 시들이 횡행하는 것을 보고 이렇게 개탄했다. 그가 남긴 말 중에 임금을 대중이나 민초로 바꾸면 요즘의 시론으로도 훌륭하다.

사우나를 다녀와 피부를 손질하고 고운 옷을 빼입고 시 강의를 들으며 시심을 단장하는 어느 여유로운 부인의 시에는 무엇이 담길까. 시를 잡기의 일환으로, 무료함을 달래는 여기(餘技) 정도로 여긴다면 좋은 시는 태어날 수 없다. 좋은 시는 결코 우연히 태어나지 않는다. 신분세탁이나 사교를 위해 시인의 명찰을 달고 다닌다면 이는 지적 허영이다. 사치이다. 시대와 세속의 아픔을 외면한다면 아무리 미끈한 시라도 울림이 없다. "시나 한번 써 볼까?" "심심한데 시나 짓지 그래?" 매일 아무런 산고(産苦) 없이 수천 편의 시가 태어난다면 그 시는 그날을 넘기치 못하고 매장될 뿐이다.

고통없이 태어나는 시는 두발로 설 수 없다. 시인이 넘쳐나는데도 시가 힘이 없고 자꾸 메말라간다. 시는 영혼을 돌아 나와야 한다. 공자의 가르침대로 생각에 사악한 기운이 없어야 한다. 적당히 손끝에서 만들어진 시들은 가슴을 적시지 못하고 손끝에서 그만 부서진다. 시인이 들끓는 시인의 나라에서 시의 몰락이 안타깝다.

시인이여, 그대의 시에 침을 뱉어라!

아는가, 강은기 선생을

해방 이후 한국정치의 흐름을 바꾼 것은 물론 '학생들의 힘'이었다. 그들의 맑은 생각과 열정이 세상을 이만큼이나마 바꿨다. 하지만 4·19, 6·3, 6·10세대로 불리는 운동권 출신들은 다 어디로 갔는가? 그들의 정의로운 열정과 외침은 우리 사회 어디서 어떤 꽃을 피우고 있는가? 총선 때마다 대거 유입되는 속칭 '젊은 피'들은 정치판을 얼마나 정화시켰으며 유권자의 기대에 얼마나 부응했는가? 채진원은 이들의 변신을 날카롭게 꼬집고 있다.

가장 기억에 남는 것은 지난 6월 24일 MBC가 6월 민주항쟁 15주년을 기념하기 위해 방영한 「순수청년 박종철」이다.… 지도선배의 숨은 곳을 밝히지 않다가 끝내 치안본부 대공분실 물고문에서 숨진 박종철. 그러나 역설적이게도 박종철이 끝내 밝히지 않은 선배 박종운은 정계 진출을 위해 한나라당에 입당하고 공천을 받기 위해 노력했다. 박종운이 죽은 박종철만큼이나 순수한 청년이었더라면 지금쯤 머리 깎고 스님이 되었던가, 목사가 되어 이웃사랑을 실천하고 있지는 않을까.

한국사회에서 정치판에 가장 빠르게, 가장 성공적으로 착근(着根)하는 지름길은 학생운동에 투신, 유명해지는 것이다. 정치판에서는 운동권 출신이라는 게 훈장이며 무기이다. 기존의 정치권에서도 그들을 선호하는 것은 나름의 이유가 있다. 그들의 대세(大勢) 감각이나 조직 장악력은 이미 검증된 것이며, 그들의 열정이나 순수성을 '정치적'인 목적에 유용하게 활용할 수 있기 때문이다. 그들이 정치판에 뛰어들면서 하는 말은 거의 같다.

"이상만으로는 현실을 개혁할 수 없다. 기성 보수의 벽이 너무 두껍다. 차라리 들어가 더러운 정치를 갈아엎고 새 나라를 만들겠다."

하지만 그들은 우리 예상보다 훨씬 빠르게 정치적으로 변질된다. 선거에서부터 불법과 편법을 동원하고, 뇌물을 받고, 당리당략에 물든다. 선거에 떨어지면 이 땅의 민주주의는 요원하다며 거품을 물고, 당선이 되면 민주시민의 위대한 승리라며 환호한다.

오래된 일이지만 소위 '386 의원'들이 5·18을 추모하러 광주에 몰려가서는 단란주점 아가씨를 끼고 술판을 벌였던 사건은 듣는 사람이 더 몸둘 바를 모르게 만든 바 있다. 한번 호사한 사람은 낮은 곳을 쳐다보지 않는다. 권력의 단맛을 본 사람은 보통 사람의 아픔을 애써 외면한다. 자세히 알면 양심에 찔리고 양심을 좇다보면 성가시고 귀찮기 때문이다. 그들은 점점 안락함에 취하고 어느새 야합이 편해진다. 자기를 합리화하기 시작한다. 이 나라 민주화를 위해 할 만큼 했다는 의식이 자리 잡는다. 그들은 알게 모르게 권위와 교만의 늪으로 떨어진다.

그러나 이런 사람도 있다. 강은기 선생. 나는 그에 관한 많은 일화들을 들어서 알고 있다. 암울한 70, 80년대 저항의 목소리와 민주화의 염원이 담긴 유인물은 거의 그의 손으로 인쇄됐다. 그는 을지로 「세진인쇄」의 사장이다. 독재의 살기가 온 나라의 구석구석을 핥던 시절에 누가 그런 '불온 유인물'을 박아낼 수 있었겠는가. 그는 명동 3·1 시국선언문, 박형규 목사 저서, 김재규 사건 유인물, 분신 서울대생 김세진 자료집, 민청련·민통련 등 재야단체 기관지 등을 쉴 새 없이 찍었다. 민주화 시위의 현장에는 그가 만든 유인물이 뿌려졌다. 그는 민주화운동의 펜이며 잉크며 종이였다. 시위가 있을 때마다 잡혀갔다. 경찰서·보안사·정보부·안기부 등 안 가본 데가 없다.

그 와중에 돈을 제대로 받았을 리 없다. 유인물들은 거의 외상으로 만들어졌다. 그는 두툼한 외상장부를 내보이며 "나는 부자"라고 말한다. 받을 돈이 많아서가 아니다. 의식있는 이 땅의 일꾼들을 자신의 치부책 속에 다 집어넣었으니 세상에서 제일 부자라는 말이다. 장부 속에는 거의 모든 재야인사들이 망라되어 있다. 올해 환갑을 맞았지만 나이보다 훨씬 늙었다.

그는 요즘 췌장암과 싸우고 있다. 인쇄소 낡은 기계는 주인 따라 골골거리고 이제 찾아오는 사람도 드물다. 병원에서는 가을을 넘기지 못할 것이라고 했다. 평생을 독재와 싸운 그가 '마지막 투쟁'을 하고 있다.

■ 이 글은 2002년 여름의 끝 무렵(8월 4일)에 발표되었다. 강은기 선생은 병원 측 예측대로 가을 끝에서 세상을 떠났다. 2003년으로 건너오지 못했다.

20세기가 저물 무렵,

을지로 인쇄골목 안 자신의 인쇄소 앞에 서있는 강은기 선생.

그는 지난 80년대부터 종업원들에게 하루 8시간만 근무하도록 했습니다.

철야작업을 밥 먹듯이 하던 당시의 인쇄업계에서는 상상하기 어려운 일이었지요.

그리고 밀린 일감들은 모두 퇴근한 뒤에 밤을 새워 혼자서 처리했답니다.

돈 없고 오갈 데 없는 사람들과 술 마시기를 즐겼고

아무리 술을 많이 마셔도 밥은 꼭 집에서 먹었답니다.

자신을 기다리는 아내를 생각해서 술배는 채웠지만 밥배는 남겨놓았다는 말입니다.

일밖에 모르고, 독실한 기독교 신자였고, 산을 좋아했습니다.

그는 하나님은 세상 어디에도 임한다고 믿었습니다.

숱한 사건들과 그 속의 사람들을 찍어내어 역사에 고했지만

자신의 얼굴은 끝내 담아내지 못했습니다.

환갑에 세상을 떠난 그는 지금

어느 산에 올라 이 땅을 굽어보고 있을까요.

거대한 술독

해마다 10월이면 방방곡곡이 축제 마당이요 잔치판이다. 지역축제, 향우회, 야유회, 수학여행, 운동회, 수련회 등 별별 모임이 다 열린다. 그런 모임은 대개 어떤 이야깃거리를 남긴다. 확실히 우리네 잔치는 유별나다. 술은 빠지지 않고 꼭 나온다. 술을 못 마시는 사람이라도 기어이 먹인다. 모두들 눈을 부릅뜨고 감시한다. 술이 거나해지면 약속이라도 한 듯 한 곡조씩 뽑는다. 노래 못하는 사람도 기어이 시킨다. '안나오면 쳐들어간다'고 윽박질러 불쌍하고 처량한 노랫가락을 듣고야 만다. 그러는 중에 몇 명이 고꾸라진다. 그리고 싸움판이 벌어진다. 누구도 말릴 수 없다. 이쯤 돼야 하나 둘 잔치판을 떠난다. 다음 날 어제 일들을 조각조각 맞춰 본다. 그리고 혼자서 빙그레 웃는다. 죽었다 살아났음이 실로 장하다. 문득 서로의 안부가 궁금해진다. "별일 없었지? 잘 들어갔고… 아무튼 잘 놀았다… 그런데 나 실수 안했냐?"

이렇듯 토하고 싸움질하고 망가져야 '잘 놀았다'고 한다. 이러한 행태를 혹자는 '개인보다 집단을 중시하며, 대륙을 질주하던 유목민 특유의 야성(野性)의 잔재'로 본다. 그래서인지 취중 무례는 대부분 용서한다. 미국이나 프랑스, 독일, 러시아, 이탈리아 같은 나라에서도 알코올중독자 때문에 골머리를 앓는다. 이들의 관리가 심각한 사회문제로 떠오른지 오래 됐다. 하지만 그들보다 훨씬 술을 많이 마시는(우리의 음주량은 슬로베니아 다음으로 세계 2위) 우리나라에는 왜 알코올중독자가 없는가? 실은 우리 사회에도 알코올중독자는 많다. 매일 밤 제 몸을 가누지 못하는 취객들이 경찰서마다 넘쳐나고 보호실에서는 술 냄새가 진동한다. 경관이 취객에게 매를 맞는 나라는 대한민국뿐일 것이다.

이렇듯 '술 권하는 사회'에 살고 있지만 우리는 술 취한 사람을 따뜻하게 품어준다. 그래서 가히 술꾼들의 천국이다. '술에 취해서'는 가장 요긴한 변명이며 핑계이다. 알코올중독자에 대한 통계조차 내지 않는다.

일배일배부일배(一杯一杯復一杯)에 이미 나는 내가 아니고 너는 네가 아니다. 그럼으로써 참으로 그때에 내가 비로소 내가 되고, 네가 비로소 네가 된다.… 우리가 마시는 술은 결코 헛되지는 않는다. 술은 말하자면 우정에 대한 일종의 시멘트 공사요, 제방 공사를 의미하기 때문이다.… 우리는 술로써 우리네 상호의 육체를 마취시키고 모살(謀殺)함으로 인해서 우리의 정신에 아름다운 정의의 꽃을 피우려는 것이다.

작고 수필가 김진섭의 술에 대한 예찬이 이 정도이니 우리 정서 속에 스며있는 술에 대한 사랑이 얼마나 각별한지 알 수 있을 것 같다. 술로 서로를 섞고, 술을 마셔 우정이 콘크리트처럼 단단해지게 하고, 마침내 육체를 망가뜨려 정신에 정의의 피가 흐르게 한다니 이 얼마나 비장한가.

여기서 우리 민족의 음주습관이 혼자 마시는 독작(獨酌)이 아니라 대작(對酌)임을 알 수 있다. 주고받아야 멋과 맛이 우러났다. 상대가 없으면 한 송이 꽃을 앞에 두고 달을 벗 삼아 술잔을 기울였다. 술잔을 돌리며 함께 취하는 민족은 세계에서 찾기 힘들다. 너와 내가 없고 우리만이 있다. 미국이나 유럽에서는 혼자 마시는 사람이 훨씬 많다. 그러나 우리는 혼자 마시지 않는다. 누군가 홀로 술집에 앉아 있다면 아마도 어떤 사연을 술에 타서 들이켜는 것이리라. 일중독이라는 중년들은 따지고보면 술꾼인 동료들 사이에 있어야 안심을 하는 '일터의 중독증'에 걸렸다는 말이 더 정확할 것 같다. 결국 술이 있어야 편해지는 알코올 집단중독이 아닐지….

선교사로 들어와 20년 동안 조선에서 머문 호레이스 N 알렌(1858~1932)은 『조선 체류기』에서 "이 나라는 놀이문화가 발달하지 않았다"고 몇번이나 꼬집었다. 확실히 우리에게는 마땅한 여가문화가 없다. 경제가 눈부시게 발전했다는 요즘도 크게 나아지지 않았다. 젊은이들이 집과 학교, 도서관을 나오면 마땅히 갈 만한 곳이 없다. 술집뿐이다. 술 아닌 다른 것에도 취할 수는 없을까? 삼겹살, 소주, 고스톱, 노래방에 갇혀 있는 우리들의 놀이문화가 조금은 서글프다.

잔치가 벌어지면 한국인들은 먹고 마시고 때리고 부른다. 그리고 술에 취해 헤어진다. 바람결이 가장 좋은 가을을 팽개치고, 술이 시키는 대로 휘청휘청 걸어가는 뒷모습이 참으로 허허롭다.

할아버지 김대중

5년 전 대통령 취임식 날, 나는 「대통령 김대중」이란 칼럼을 썼다. 쑥스럽지만 일부를 옮겨보겠다.

김대중, 그 이름은 눈물이었다. 그는 늘 꺾였고, 따르는 무리들을 눈물나게 했다. 대통령 후보, 야당 총재, 국가반란의 수괴, 용공분자…. 호칭이 달라질 때마다 이 땅엔 정변이 있었다. 그를 지지하던 사람들의 가슴은 수도 없이 내려앉았다. 차라리 김대중이라는 인물이 없었더라면…. 그런 그가 '눈물나게' 대통령이 됐다. 그는 암흑시대에 지지자들이 놓아준 눈물의 강, 그 강줄기를 타고 올라가 마침내 대통령이 됐다.… 그는 이제 더 오를 곳이 없다. 실패하면 천길 낭떠러지로 떨어진다. 지면서도 사실은 늘 이겨왔던 고난의 과거가 아니라 패배가 곧 국가 파멸로 이어지는 현실만이 기다리고 있다. 실패한 대통령은 갈 곳이 없다. 아무도 눈물의 강을 만들어주지 않는다.

그러면서 나는 인기, 구호와 함께 제발 측근을 멀리 하라고 당부했다.

측근들이 둘러칠 인의 장막을 걷어내야 한다. 측근들을 나무라고 경계해야 한다. 평생 '김대중 대통령 만들기'에 몸 바쳤는데 이렇게 홀대할 수 있느냐는 측근이 있다면 그건 가짜다. 그런 사람의 말을 듣고 실패한 대통령이 된다면 가장 먼저 욕하며 떠나갈 사람이다.(경향신문 1998년 2월 26일자)

그리고 5년이 흘렀다. 아쉽게도, 진정 아쉽게도 그는 측근들이 둘러친 인의 장막을 걷어내지 못했다. 정 많은 노인이라서 그랬을까. 그의 측근들은 갑자기 생겨난 권력을 주체하지 못하고 그걸 아무 데나 질질 흘리고 다녔다. 두 아들과 많은 측근들이 교도소를 다녀왔거나 수감 중이다. 그의 곁을 지키고 있는 측근들도 이런저런 의혹을 받고 있다. 정말 초라하다. 죽음과 싸우며 지켜온 명예와 지조가 이렇듯 손을 타다니…. 민심이 그의 곁을 떠나갔다. 시대의 상징이던 '김대중'이란 이름 속에 남아 있는 것이 별로 없다. 가짜 측근들은 일찍감치 그에게 침을 뱉었다. 지금 그는 한낱 외로운 노인일 뿐이다. 정말이지 그는 많이 늙었다. 병이 깊다는 소문도 들린다.
그에게는 대통령이 된 것만으로도 뿌듯해 하는 지지자들이 있는가 하면, 나라가 무너지는 한이 있어도 김대중의 성공만은 못 봐주겠다는 부류가 분명 있었다. 그를 싫어하는 사람들은 지난 5년 동안 사정없이 할퀴었다. 스캔들이 터질 때마다 그는 퇴보를 거듭했다. 그렇게 조금씩 무너져 내렸다. 마침내 지난 총선에서 그는 국민의 심판을 받았다. 그를 지지했던 사람들마저도 가슴을 태우며 돌아섰다. "김대중이라는 인물이 없었더라면…."

하지만 그 미움까지 떠안고 이제 떠나야 한다. 그가 늘 목마르게 불렀던 '존경하고 사랑하는 국민' 속으로 들어가야 한다. 그가 대통령으로서 성공했는지, 실패했는지는 역사가 대답해줄 것이다. 대통령직을 그만두는 그에게 다시 몇 가지를 당부하고 싶다. 외환위기 극복, 햇볕정책, 정보기술(IT) 강국 건설, 월드컵 4강 등 그가 임기 내 이룬 것들을 마치 자신의 공인양 자랑하지 않았으면 한다. 그리고 여러가지 실정에 대해서도 변명하지 말았으면 좋겠다. 또 누구처럼 자신이 권력이 되려는 생각은 추호도 하지 말기를 바란다. 떨어진 인기를 만회하려는 그 어떤 노력도 하지 말았으면 좋겠다. 그것은 비루한 구걸이며 측은한 파닥거림일 뿐이다. 나라를 위해 무언가 큰일을 하겠다는 생각도 버려야 한다. 당신의 시대는 갔다. 여러가지를 버릴 때가 되었다. 버리면 가볍다. 당신이 눈물로 쌓았던 '아태재단'도 속절없이 무너졌지 않은가. 남아있는 전(前) 대통령의 삶에 부디 때가 묻지 않기를 바란다. 성공한 시민이 되기를 바란다. 한 시대가 저물었다. 명예도 바래고 권좌도 늙는다. 당신의 역할도 끝났다. 이제는 할아버지로 돌아가야 한다. 고향 하의도나 아니면 동교동에서 인자한 이웃집 할아버지로 살아갔으면 좋겠다. 이제는 '비범'을 버리고 평범을 배워야 한다. 당신의 용기와 정의를 샘솟게 만든 이 땅의 지극히 평화롭고, 진정으로 가난한 사람들 곁에 머무르며 진정으로 가난해졌으면 좋겠다. 지난날은 숨가빴지만 때가 되었다. 당신이 그토록 좋아한다는 꽃을 돌보고 책을 읽으며, 이웃에게는 인생경험을 얘기하고, 손자들에게는 옛날얘기를 들려주는… 아름다운 노년을 그려본다. 김대중을 알고, 그를 연호했던 지난날이 눈물겨웠는데… 아, 정말 한 시대가 지나가고 있다.

■ 이 글은 김대중 대통령 퇴임 직전에 쓴 것이다. 김대중, 그에게는 할 말이 많은데 무엇인가 목에 걸려 잘 나오지 않는다. 그게 대체 무얼까?

그를 쳐다보면 왠지 아렸지요.

'차라리 김대중이란 사람이 없었다면…'

그가 무너질 때마다 따르던 사람들이 가슴을 쳤지요.

그렇지만 그럴 때마다 그는 기적처럼 일어섰지요.

이제는 또다시 벌떡 일어나 포효할 수는 없겠지요.

그 이름과 업적을 역사에 묻을 때가 다가오고 있습니다.

우리도 그를 어딘가에 묻어야 합니다.

그가 있어 행복했는데….

그의 늙고 병듦이 아프기만 합니다.

여인의 힘

학승 탄허(吞虛) 스님은 필자에게 금세기 안에 공산주의가 몰락할 것이며 앞으로 한국은 국운이 왕성할 것이라는 예언을 했다. 그 예로 한국 여인들의 외모를 보라고 했다. 얼굴에 윤기가 흐르는 게 보이지 않느냐고 반문했다. 그러면서 어느 집단이건 번영의 기운은 여자들 외모에서 감지된다고 했다. 1975년의 일로 기억된다. 스님은 세상을 뜨셨지만 그 후에도 이 땅의 여인들은 정말 무척이나 아름다워졌다.

사실 해방 이후 우리 사회에서 가장 많이 변한 것은 여인들이다. 간혹 흑백필름에 남아있는 옛 여인들과 비교하면 눈이 부실 지경이다. 그리고 아직도 성차별 논란은 계속되고 있지만 여성 지위는 흑백필름 시대에 비하면 가을 하늘만큼이나 높아졌다. 이 시대 여인들은 겉으로는 미(美)와 지위를 얻었다. 그렇다면 내면은 어떠한가. 혹시 잃은 것은 없을까.

있다. 바로 힘이다. 그들이 키운 자식들이 체격은 커졌지만 체력은 떨어졌듯이, 그들도 어머니 세대보다 힘이 약해졌다. 늙은 어머니 머리 위의 광주리를 딸은 받아 이지 못하고, 어머니가 들고 있는 보따리를 딸은 받아 들지 못한다. 물론 어머니들은 그 육체적 힘으로 삶을 풀었으니 그래서 당연할 수도 있다. 그럼 육체가 아닌 정신의 힘은 강한가. 아니다. 정신력은 더욱 약해졌다. 물론 개인의 편차는 있다. 아직도 대다수 한국 여성들은 강인하다.

하지만 우리 주변을 보라. 가정을 버리는 주부들이 얼마나 많은가. 어머니가 버거워 여인으로 변신하는 사람이 얼마나 많은가. 힘은 그 실체가 눈에 보이지 않는다. 그래서 가늠하기 어렵다. 하지만 여인들의 살아가는 힘은 확실히 나약해졌다.

아버지가 아들의 손가락을 잘라 보험금을 타려 했던 사건도 그 뒤엔 '어머니의 가출'이 있었다. 얼마 전엔 어머니가 바람이 났다고 철부지 아들이 자신의 집에 불을 지르지 않았던가. 이건 정조관념이나 성윤리와는 다른 이야기이다. 힘이 있어야 주변을 아우를 수 있다. 여인들이 집을 버리는 건 집을 지킬 힘이 없기 때문이다. 사랑을 지킬 힘이 없기 때문이다. 포기하기 때문이다. 도피하기 때문이다. 흑백필름 시대엔 집나간 아버지를 어머니가 기다렸지만, 요즘은 남자가 집나간 여자를 기다린다고 한다. 이혼이 늘고, 주부 폰팅이 늘고, 매춘이 는다. 어려운 것은 참지 못한다. 정확히 따지면 그들에겐 참을 힘이 없다. 무엇이 이들을 웃자라게 했는가.

여성이 강해야 집과 세상이 평안하다. 여성의 힘은 가정의 힘이며 나라의 힘이다. 이제 여성운동도 남녀의 비교우위를 따지는 것에만 매달리지 않았으면 한다. 자신들을 다스리는 힘을 기르는 데 눈을 돌렸으면 한다. 그들이 그토록 타도대상으로 삼았던 남성들이 고개를 숙였으니, 이제 여성이 강해져 '약해진 남성들'을 품어야 하지 않겠는가.

요즘 화장이 점점 짙어지는 여인들의 얼굴에서 우리 사회의 위기를 읽어낼 수 있다. 많은 한국 여인들은 지금 화장이 아닌 분장을 하고 다닌다. 얼굴의 결점은 물론 표정까지 지우고 다닌다. 나만의 표정이 없는 비슷비슷한 얼굴들, 이것이 바로 새천년 한국 여인의 얼굴이다. 그건 얼핏 나도 남들처럼 당당하다는 의미로 비춰질 수 있겠지만 그것은 휩쓸림이다. 나보다 남을 더 쳐다봄이다. 내집보다 옆집을 더 넘겨보고, 내 길이 아닌 무리의 길을 걷고 있음이다.

힘(사회적)을 얻었지만 자신을 다스리는 힘이 없어 속절없이 무너지는 여인들. 그건 우리 사회의 한 축이 무너져 내리는 것 아닌가. 그들을 붙들 힘은 어디에 있을까. 이제 우리는 경제만 걱정할 일이 아니다. 진정한 힘과 그 속의 진정한 아름다움을 찾아볼 일이다. 탄허 스님이 지금도 계셨다면 한국 여인들의 얼굴을 보며 무슨 예언을 하셨을까.

진관 스님이 달려가는 까닭은?

대한민국 시위현장에는 늘 진관 스님이 있다. 최루가스가 날리고, 쇠파이프와 각목이 난무하고, 돌멩이가 날더라도 스님은 현장에 있다. 인권이 짓밟힌 곳, 환경이 파괴된 곳, 법이 유린된 곳, 한이 서린 곳으로 스님은 달려간다.

스님에게는 그것이 용맹정진이요 기도이다. 분노는 분노로, 슬픔은 슬픔으로, 아픔은 아픔으로 사른다. 1981년 고 김동수 열사의 추모제부터 시작된 스님의 이러한 행적은 지금도 계속되고 있다.

얼마 전에는 일본에 머무르다 대구 지하철 참사가 발생하자 곧바로 귀국했다. 그가 달려간 곳은 물론 사고현장이었다.

진관 스님과 함께 민주화운동에 동참했던 많은 사람들은 그걸 무기로 제도권에 속속 편입되었다. 누구는 국회의원, 누구는 교수, 누구는 고관이되었다. 함께 활약했던 승려들도 커다란 사찰의 주지로 갔다. 하지만 스님만 혼자서 아직도 벌판에 서 있다. 네번 투옥되었고 30개월을 감방에서 보냈다.

이제 세수 58세. 살벌한 현장에서 구호를 외치며 온몸으로 정의와 사랑을 전파하기에는 힘이 부친다. 그런데도 시위현장에서는 그를 부른다. 어떤 경우에는 그가 도착할 때까지 행사를 시작하지 않는다.

스님은 이 고달픔을 업보로 여긴다. 크고 작은 시위현장을 누비며 현대사의 격랑을 헤쳐 왔지만, 그에게 남은 것은 육신의 노쇠함과 평생 따라다니는 가난뿐이다. 물론 스님은 가난해야 한다. 하지만 누굴 도울 수 없을 때는 자꾸 자신의 가난이 만져진다.

그렇다면 그가 얻은 것은 무엇일까. 스님은 인간의 절규 속에서 불성을 보게 됐다고 한다. 갈수록 인간의 귀함이 사무친다고 한다. 스님은 중생의 아픔 속으로 들어가라는 만해 스님의 가르침을 이제야 알겠다고 했다. 요즘처럼 중생의 아픔이 소중하게 감겨든 적은 없다고 한다. 이제 비로소 세상이 보인다는 얘기였다. 그래서 다시 시위현장으로 갈 수밖에 없다. 불교인권위원회 공동대표지만 그는 늘 현장에 있다.

이제 한국 불교는 절집은 산 속에 있되 의식은 도심 속으로 내려와야 한다. 불교가 신군부의 군화발에 짓밟히는 법란을 당한 것도 시대정신과 유리된 채 중생의 고통을 외면했기 때문이다. 중생 속으로 들어가는 것은 결국 부처 속으로 들어가는 것이다.

진관 스님은 시인이다. 몇 권의 시집을 냈다. 하지만 그는 이를 부끄러워

한다. 절실함이 없기 때문이란다. 그는 이제 온몸으로 시를 쏟아낸다. 그가 시위현장에서 외치는 외침이 시이고, 그들과 새우잠을 자며 코고는 소리가 시이고, 억울하게 죽은 넋을 다독이는 독경이 시이다.

『무량수경』에 나오는 법장비구는 중생을 모두 구제하지 않고는 성불하지 않겠다고 했다.

한량없는 오랜 겁 지나가면서
내가 만일 큰 시주 되지 못하여
가난하고 괴로운 중생을 제도 못하면
언제라도 부처는 되지 않겠습니다.

법장비구는 다시는 삼악도에 떨어질 염려가 없고, 중생들이 잘나고 못난 이가 따로 없고, 중생들에게 번뇌의 근본되는 아집이 뿌리 채 없어지는 불국토를 서원했다.

중생의 아픔을 보듬지 않고서 무엇을 이룰 수 있단 말인가. 그동안 한국 불교는 속세를 굽어보기는 했지만 좀처럼 그 속에 들어가진 않았다.

하지만 여러가지 예감이 좋다. 인권과 환경과 생명을 품고, 모든 살아있는 것들의 아픔을 씻어주는 법장비구가 여기저기서 출현했으면 좋겠다.

진관 스님이 들으면 펄쩍 뛸 얘기인지는 몰라도 스님이 이제 좀 쉬었으면 한다. 지금처럼 처음과 끝 모두를 챙기지 말고 어떤 일에 마지막만을

————

진관스님.

세수 쉰여덟, 세속에 있었다면 손자의 재롱을 보며

'사는 맛'에 푹 빠져있을 나이입니다.

하지만 수상한 현장에는 누구보다 먼저 달려갑니다.

아직까지 이 땅에는 억울하고,

아픈 일들이 너무 많이 일어나고 있기 때문이죠.

스님이 목탁을 두드리는 것은 세상을 깨우는 일입니다.

여중생 효순이 미선이의 죽음을 애도하고 미군 만행을 규탄하는 집회가 열린 날,

광화문 네거리에서 스님과 마주쳤습니다.

수고하신다는 말에 스님은 내 손을 꽉 쥐면서 수줍어했습니다.

그의 천진함이 소년 같았어요.

맑은 웃음을 베어 문 입에서 어떻게 우레 같은 호통이 터져 나올까….

허나 천진함, 즉 맑음이 있기에 세상을 나무랄 수 있겠다는 생각이 들었습니다.

스님의 외침은 죽비요, 고단한 행군은 시(詩)처럼 느껴졌습니다.

챙겼으면 한다. 젊은 진관, 약간 주름진 진관, 소리 잘 지르는 진관, 약간

험상궂은 진관…. 진관 스님이 여럿이었으면 좋겠다.

효순아 미선아

이 땅의 모든 더듬이가 월드컵 경기에 집중되었을 때 여중생 2명이 미군의 장갑차에 깔려 숨졌다. 2002년 6월 13일, 쇳덩어리 괴물은 친구 생일 파티에 가던 열네살 소녀를 뒤에서 덮쳤다. 현장은 너무나 끔찍했다. 마을 갓길을 걷던 두 소녀가 죽어야 하는 이유는 이 땅에 태어나 미군기지 옆에서 살고 있었다는 것뿐이었다. 효순, 미선. 이름만으로도 한국의 딸들이다. 두 소녀의 발랄한 웃음이 끊겼어도 세상은 아무렇지 않게 흘러갔다. 여름은 깊어가고 강과 바다에는 웃음소리가 넘쳐났다. 이것이 2002년 6월 우리가 그토록 자랑스럽게 외쳤던 대한민국이다.

미군측은 이런 '환장할 죽음'에 무슨 일이 있었느냐고 시치미를 떼다가 여기저기서 아우성을 치자 기왕 일이 이렇게 됐으니 어떡하겠냐는 투였다. 보다 못해 사람들이 몰려갔다. 두 소녀가 어떻게 죽었으며 사고 책임자는 누구인지 밝히고, 범인들을 넘기라고 외쳤다. 그러나 부대 앞에서 규탄집회가 있던 날, 시위대의 목멘 외침의 메아리가 채 가시기도 전에 미군들은 독립기념 불꽃놀이를 했다. 한국의 밤하늘에 '위대한 미국'을 수놓았다. 마침내 미 2사단 주변을 맴돌던 분노는 서울로 몰려들었다.

월드컵이 끝난 지 딱 한달만인 2002년 7월 31일, 두 소녀의 사십구재 추모집회가 시청 앞에서 열렸다. 붉은 색으로 물들었던 환호의 광장 덕수궁 앞에는 검은색 깃발이 나부꼈다. 붉은 악마의 포효는 "효순이, 미선이를 살려내라"는 절규로 바뀌었다. 잿빛 하늘은 더욱 낮게 내려왔고 어둠도 따라서 가만가만 내려앉았다. "대~한민국"은 "살~인미군 처~벌하라"로, 록밴드의 힘찬 아리랑은 끊길듯 이어지는 슬픈 가락으로 바뀌었다. 진관 스님은 "미군 없는 세상에서 행복하라"고 했고, 문정현 신부는 "꽃같은 우리네 딸인데도 애도의 말 한마디 못하는 대통령 할아버지가 원망스럽다"고 했다.

미국은 과연 우리에게 누구인가.

미국은 누구인가. 안타깝게도 지난 수십여년 동안 미국과 미국인은 이 질문에서 벗어나 치외법권의 특권을 누려왔다. 다른 제3세계에서와 마찬가지로 한국에서도 미국은 두 가지 양면성을 가진 국가로 알려졌다. 즉, 미국은 미국의 이익이 걸린 문제에선 주변조건을 가리지 않고 주인행세를 하려 들지만, 그런 자기의 이해관계 때문에 저질러진 잘못과 오류를 따지는 문제에선 손님으로 대접받기를 원했다.(이재봉 편역 『반미주의』/들녘)

학자들은 이러한 미국의 애국심과 선민의식을 예외주의에서 찾는다. 미국의 풍요와 힘은 확실히 다른 나라와는 다르다. 미국민의 예외주의가 넓고 비옥한 천혜의 환경, 외침의 위험이 거의 없는 지형적인 여건, 언제든 기회만 오면 부자가 될 수 있다는 아메리칸 드림에서 비롯됐다고 한다. 모든 게 풍족하고 꿈도 있으니 남의 아픔이 절실할 수 없다.

미국의 애국심은 실로 유별나다. 동계올림픽 때는 9·11 테러로 찢긴 성조기를 개막식에 입장시키면서 그들만의 지독한 애국심을 전세계에 알렸다. 모든 나라의 인권에는 일일이 나서지만 미국인이 곤경에 처하면 단호하다. 영화 「라이언 일병 구하기」는 위험에 처한 한 병사를 구하기 위해 모든 것을 동원한다. 사뭇 인간적이며 감동적이다. 그러나 이를 뒤집어보면 미국을 위해서는 끝까지 포기하지 않는다는 것 아닌가. 그래서 '위대한 미국'은 세계 어디서도 권위와 힘을 잃지 않는다. 세계의 평화와 인권신장을 관리하고 감독하기 위해서는 어떤 잘못이나 범죄를 저질렀더라도 미국인에게는 '예외'를 인정해야 한다는 오만이 스며 있다. 그런 예외는 힘이 약할수록, 정권의 정통성이 없을수록, 민족주의가 엷을수록 기승을 부린다.

전 주한미군사령관 위컴은 쿠데타에 성공한 전두환 정부를 공식 지지하며 "한국인은 들쥐와 같아서 누가 지도자가 되더라도 따를 것이고, 체질상 민주주의가 적합하지 않다"고 했다. 그러나 들쥐는 민중이 아니라 미국에 기대어 정권의 정통성을 구걸하던 군부독재세력이 아니었던가.

지금 이 땅에서는 반미감정이 소리없이 번지고 있다. 양국 정부가 공식적으로 입에 올리지 않을 뿐이다. 그 이유는 우리는 변했는데 미국은 변하지 않기 때문이다. 모든 미움과 사랑에는 상대가 있다. 적어도 이 땅에서 일어난 범죄는 그 사람이 미국인이건 러시아인이건 우리가 조사하고 우리 법정에 세워야 할 것이다. 그것이 효순이와 미선이를 우리 마음과 가슴 속에서 다시 살리는 길이다. 우리는 두 소녀를 그냥 보낼 수는 없다.

고독, 깊고 푸른

누군가에게 버림을 받는다는 것은 생각만 해도 끔찍하다. 그러나 그보다 더 소름끼치는 일은 누군가에게 잊혀진다는 것이다. 미움이나 증오보다 잊혀짐은 처절하다. 잔인하다. 미움 속에는 아직 '내' 가 남아있다. 누군가 나를 미워하는 것은 그가 생각 속에서 나를 아직 지우지 않았다는 이야기다. 내게서 떠나지 않았음이다. 나의 체취가, 온기가 남아있음이다.

모든 사람들의 생각 속에서 내가 지워졌다는 것은 얼마나 두려운 일인가. 세상에서 가장 무서운 건 잊혀짐이요, 가장 불행한 사람은 잊혀진 여인이다. 모두가 내 곁을 떠나 세상에 혼자 남겨졌다는 생각은 죽음보다 적요하다. 그 고독은 죽음보다 깊고 푸르다.

비전향 장기수 김동기씨는 석방되어 펴낸 『새는 앉는 곳마다 깃을 남긴다』에서 독방에 갇혀 고독을 갈아먹던 기억을 아프게 떠올린다.

나로서도 어떻게 할 도리가 없어서 33년 동안 가슴만 시커멓게 태웠던 게 있었다. 바로 사람에 대한 그리움이었다. 누군가 옆에 있어주면 좋으련만, 방안에는 나밖에 없고, 높은 천장에서 30촉 백열등이 물끄러미 나를 내려다보고 있을 때면 정말이지 사람이 그리워 미칠 지경이었다.

이경림은 「거미가 짓는 집」에서 이렇게 몸서리친다.

누구나 척박한 생을 살아가면서 이따금 '짐승같은 외로움'이란 어휘가 온몸을 휘감을 때가 있지 않을까? 절대고독! 개들은 아마도 그 칠흑 속에서 자신의 절대고독을 짖어대는 것인지도 모른다. 그렇다. 검둥이란 놈은 밤마다 살 비빌 곳을 찾아 외양간으로 스며든 것일 게다. 종일 노동에 지친 산만한 소의 옆구리에 몸을 대고 그의 거친 숨결에 얹혀 칠흑의 외로움을 견디고 있었는지 모른다.

현대인은 어느 때보다 독한 고독의 습격을 받는다. '광장의 고독'은 예전에는 없었다. 반나절의 고독도 견디질 못한다. 휴대전화를 목에 걸고 다니며 끊임없이 누군가를 기다린다. 어디를 가도 귀찮게 따라다니며 사람을 구속하는 휴대전화, 그러나 그건 내가 살아있음을 확인하는 청진기요, 세상을 엿보는 망원경이다. 내 사색영역이나 행동반경 안에 들어와 있는 사람들이 누르기만 하면 튀어나온다. 현대인의 요술램프이다. 젊은 이들은 그걸 품고 잠이 든다. 그 속에 사랑이 있고 우정이 들어있다. 누군가를 끊임없이 찾고 누군가 곁에 있어야 안심하는 우리들, 휴대전화를 끄지 못하는 현대인들. 우리 시대에 고독은 너무 독하다.

먼 여행을 마치고 돌아왔거나, 군대에서 휴가 나왔을 때, 오지에서 한 철을 보내고 세상에 나왔을 때 우리는 까닭없이 서글프다. 그러나 까닭이 없는 것은 아니다. 찬찬히 보면 이유가 있다. 그래, 나 없이도 세상은 아무렇지 않게 돌아가고 모두들 행복하구나. 그렇다면 그들에게 나는 무엇이었단 말인가. 저들에게 나는 별것이 아니었구나. 나에게 세상이 이렇게 무심하다니…. 이런 생각에서 괜한 투정이 자라난다.

남이 있어 상대적으로 내가 있듯이, 내가 존재한다는 것은 나랑 함께 있는 다른 사람들 마음에, 생각에 내가 살아있음이다. 모든 사람이 내 존재를 부정한다면…. 그것은 있어도 없음이니 저주에 다름 아니다. 잊혀져 간다는 것은 실로 슬픈 일이다. 대중들의 갈채와 환호 속에 묻혀본 사람은 잊혀짐이 뼛속에 사무칠 것이다. 만인의 연인이었던 배우, 문명을 날렸던 문인, 잘나가던 정치인, 강건했던 스포츠 스타, 만군을 호령하던 장군, 그리고 각계각층에서 빛났던 우상들…. 그들의 거대하고 울창한 명성도 이내 세월의 먹이가 된다. 명성이 크고 우람할수록 그늘은 길고 짙다. 그 찬란했던 이름들이 저잣거리에 버려져 뭇사람한테 짓밟히는 것을 보라.

세상에서 지워질까봐 우리는 안간힘을 쏟는다. 쌓은 것이 많을수록 그것을 지키려고 더욱 몸부림을 친다. 그러나 덧없음이여, 부질없음이여….

우리는 결국 지워질 것이다. 내가 누군가를 잊게 되듯이 누군가도 나를 잊을 것이다. 고독을 너무 아파하지 말라. 지독한 사랑도 세월 가면 고독으로 변한다. 내게는 그대가, 그대에게서는 내가 곧 고독이다. 어둠이 내려도 외로움만은 가릴 수 없다. 진정한 자기 모습은 고독 속에 들어있다. 고독에 떨지 않고, 고독에 쫓기지 않고, 마침내 고독을 껴안은 사람을 우리는 현자라 부른다.

또 만나요, 지구 위에서

연하장은 보낸 이의 덕담이 아무리 희망차고 기상이 씩씩해도 그 속에서 쓸쓸함이 묻어나온다. 해를 보내는 아쉬움은 해를 맞는 벅참보다 진하다. 지난 시간 속에는 이미 기쁨이나 아픔으로 변해버린 '과거'가 들어 있지만, 미래의 시간 속에는 '내'가 들어있지 않기 때문이다. 연하장은 '내일'을 동여맸지만 실상 '어제'가 묶여 있다. 인간이 시간을 토막 낸 이래 연(年)이란 그 속에 사계절이 들어있는 가장 자연스런 시간 단위이다. 생명붙이가 싹을 틔우고 잎을 떨구는 잉태와 탄생과 번성, 그리고 쇠락을 동시에 품고 있다. 처음과 끝이 들어있다.

인간은 결국 그 시간을 먹다가 세상을 뜬다. 먹을수록 허기진…. 누구는 50년, 누구는 70년…. 세월이란 시간에 밀려난 시간의 화석이다. 내가 빠져나오자마자 박제가 되는 시간들, 다시 돌아가 피를 돌게 할 수 없는 추억들. 한해의 끝은 그래서 아릿하다. 우리를 서성거리게 한다. 아무리 미래가 장밋빛이라 하더라도 그것은 오늘보다 죽음에 더 가까이 있는 것 아닌가.

달력 마지막 장에 몰려있는 우리들, 마음만 바쁜 사람들. 새해 달력 하나씩 옆구리에 끼고 지나온 시간을 밟으며 집으로 돌아가는 길은 얼마나 쓸쓸한가. 시간은 누가 풀었다 당기고, 층층으로 켜마다 우리네 삶이 포개져 있는 세월은 누구에게 바치는 제단인가. 해질녘에는 그래서 활짝 웃지 못한다.

돌아보면 정말 아슬아슬한 길들이었다. 상처 주고 상처 받고, 아픔 주고 아픔 받고…. 내가 무심코 뱉은 사나운 말이 주변 사람들을 얼마나 마음 상하게 했을까. 부모도, 처자도, 나와 동시대에 지상에서 함께 살아가는 사람들도. 바람만 불어도 우리들 사랑은 얼마나 흔들렸는가? 믿었던 사람들이 내 품을, 그리고 세상을 떠나갔다. 지난 한해를 펼쳐놓으면 너무나 남루하다. 도대체 나와 우리는 어디에 있었단 말인가. 이룬 것은 무엇이란 말인가. 내가 버린 말들은 어디쯤에 버려져 썩어가고 있는지. 부질없이 많은 생각들을 키우고, 그 생각 때문에 얼마나 괴로워했는가. 부대꼈는가.

"이게 얼마만이냐? 용케도 세파를 헤쳐왔구나!" 한 해 동안 속상한 일들을 술잔에 담아 털어 넣고, 술로 서로를 닦아주던 송년의 밤과 정겨운 얼굴들. 송년모임이란 기실 살아있음의 확인이 아니던가. 또다시 펼쳐질 새 세상에 대한 두려움을 씻는 자리 아니던가. 우리는 뭉쳐서 새해로 들어간다.

창조와 소멸은 서로의 꼬리를 물고 있다. 누군가가 미래인이듯이 우리도 누군가의 미래인이다. 어둠이 빛이고 빛이 어둠이다. 우리가 끌고 온 것들—늙은 어머니보다 더 늙은 고향, 농심(農心)이 사라진 황량한 들녘, 개발야욕 앞에 떨고 있는 북한산의 흐느낌, 여중생 효순이와 미선이의 억울한 죽음을 받쳐들고 있는 촛불들, 지고 온 노래를 털고 있는 철새들, 굶주린 북녘 어린이들의 울음소리, 시대가 버린 노숙자들의 새우잠, 원인을 모르는 차거운 주검들, 집을 나온 아이들이 바라보는 빈 하늘을 이제 어둠 속에 묻어야 한다. 우리도 그 속에 들어가 누군가의 이야기가 되어야 한다.

어둠이 내리기 전, 산하를 샅샅이 핥고는 이부자리처럼 꿈자락을 펼치는 노을. 그 속에 묻히면 서로가 서로에게 집이 된다. 다시 꿈 하나씩 찾아 들고, 그대 지구인들, 지구에서 다시 만나기를.

■ 2002년 12월 말에 썼다. 노을에 묻혀 흐르다 누군가의 꿈속에 들어가 그의 영혼을 보듬고 싶었다.

누가 시간을 토막내었을까요.

한시간, 한나절, 하루, 한달, 일년, 백년, 천년, 만년….

토막난 시간에 맞춰 우리 삶도 토막을 냅니다.

우리는 결국 시간에 갇혀 파닥거리는 것이지요.

내가 빠져 나오면 시간은 박제가 되고 이내 세월로 굳습니다.

우리가 자꾸 세월을 뒤적거리게 되는 것은 그 속의 나를 찾으려는 것이지요.

도대체 나는 어디에 있었는가?

우리가 한 해를 보내며 손을 흔드는 것은 결국 우리를 떠나보내는 것입니다.

그리고 새 꿈 하나씩 찾아들고 다시 만나자는 약속이지요.

제 2 부

흙의 노래

슬픈 산양

야생동물들은 어떻게 죽음을 맞을까. 지상에서 마지막 밤을 어디서 어떻게 보낼까. 코끼리는 거대한 몸을 스스로 버리는 공동묘지가 있다는데 정말일까. 곰이나 호랑이, 오소리, 노루, 고라니, 토끼도 그들의 몸을 어떻게 버릴까. 죽음의 장소가 따로 있는지, 그들 나름의 의식이 있는지.

생명은 흙 속에 풀어져 소멸한다. 그리고 흙은 생명을 빚고 틔운다. 이것이 순환이며 돌아감과 태어남이다. 야생동물에게도 하늘이 내린 천수(天壽)라는 게 있을 것이다. 인간도 예외가 아니다.

야생동물은 '동물적 감각'으로 자신의 죽음을 알 것이다. 세상을 떠나는 그날이 오면 야생동물은 무리를 빠져나와 가장 은밀한 곳에서 그동안 끌고다닌 몸을 부릴 것이다. 그러니 인간의 눈에 띄지 않았을 것이다. 그 주검은 볕이 내려와 쓸어주고, 비가 내려 씻어주고, 별빛이 덮어주고, 바람이 핥아줄 것이다. 그러다 흙이 될 것이다. 그들의 사라짐은 처연하지만 아름답다. 흡사 황홀하게 세상을 밝히고 사라지는 노을처럼.

그러나 이 땅의 야생동물은 그렇게 임종을 하지 못한다. 비명횡사(非命橫死), 바로 그것이다. 『산양 똥을 먹는 사람』(박그림 지음)을 읽으며 조마조마했다. 우리 산하에 산양이 살고 있다는 것은 분명 축복이지만 그들이 곧 절멸될 것 같다는 방정맞은 생각이 들었다. 천연기념물 제217호 산양은 지구상에 출현한 이래 원시적 형태를 그대로 유지하고 있는 세계적인 희귀동물이다. 고대 벽화에서 뛰쳐나온 듯하다. 빙하기의 혹독한 환경까지 극복했다니 산양을 '살아있는 고대 동물' 또는 '화석 동물'로 부를 만하다.

산양은 해발 600m가 넘는 바위산의 가파른 벼랑을 타고 다닌다. 같은 지역을 벗어나지 않고 하루에 수백미터를 오갈 뿐이다. 한낮에는 바위 벼랑에서 되새김질을 하고, 이른 아침과 저녁에는 풀을 뜯고, 밤에는 어느 것도 범접하지 못하는 안전한 보금자리에서 잠을 잔다. 똥도 정한 곳에 정갈하게 눈다. 따로 화장실을 둔 셈이다. 지닌 무기라고는 두개의 굽은 뿔뿐이다. 그 뿔로는 그 무엇도 해칠 수 없다. 가만히 들여다보고 있으면 신령스런 기운마저 감돈다. 호랑이, 늑대, 스라소니, 이리 등 육식성 포유류의 공격을 받으면 가파른 바위 벼랑으로 도망친다. 도망! 그것만이 생존을 지키는 유일한 수단이다. 산양은 이렇게 살아왔다. 그러나 도구를 쓰는 인간에게서는 도망을 칠 수 없었다.

녹색연합은 경북 울진군에서 밀렵꾼이 설치한 올무에 걸려죽은 산양을 발견했다. 원시림 계곡에서 발견된 산양은 가죽과 뼈, 약간의 내장만 남아있었다. 죽은 지 5~6개월이 지났고 3~4세 정도의 암컷이었다.

설악산에 들어 30년을 살고 있는 박그림은 절규한다.

올무에 목이 졸려 죽은 산양의 주검을 들쳐업고 내려오면서 치밀어 오르는 분노에 몸을 떨었다. 눈을 감지도 못하고 죽은 산양을 바라보면서 돈을, 보신을, 정력을 떠올리는 인간들의 잔인함에 치를 떨었다. 올무는 걸어놓은 사람이 걷어내지 않으면 동물이 하나 죽어야 없어진다.

그의 탄식은 계속된다.

저 순하디 순한 눈동자를 보면서 어떻게 정력이나 보신을 떠올릴 수 있다는 말인가. 우리들은 그럴 만큼 파렴치하고 간덩이가 부은 것일까. 그렇게 해서 힘이 생겼다 치자, 그 힘을 어디에 썼는가? 조국과 민족을 위해 썼는가?

'야생동물 중탕집'이라는 수많은 간판은 도대체 무엇인가. 그 국물을 홀짝이는 인간들은 도대체 누구인가. '신수 사나워' '재수 더럽게' 어쩌다 잡혀간 밀렵꾼이 벌금을 내고 다시 산양을 잡는 나라에서 산양은 살 수 없다. 차라리 산양을 모두 잡아 동물보호가 잘되는 나라, 동물을 학대하는 인간에게 극형을 내리는 나라에 보내라. 야생동물이 이 땅에 태어남이 왜 축복이지 못하고 천형이어야 하는가. 그들은 왜 흙으로 돌아가지 못하고 인간의 뱃속으로 들어가야 하는가. 이제 산양은 700마리 정도만이 남아있다고 한다.

순하디 순한 얼굴을 보세요.

속기(俗氣)가 없으니 더 슬퍼보입니다.

저 순한 것들이 올무에 걸려 중탕집에 팔려가고,

인간의 뱃속으로 들어간답니다.

올무는 설치해 놓은 사람이 걷어내지 않으면

동물이 그것에 걸려 죽어야만 없어집니다.

올무에 걸려 몸부림치다 숨이 끊어지는 산양,

저들 앞에 우리는 아무 말도 할 수 없습니다.

보신이라면 무엇이든지 잡아먹는 나라,

단지 그 땅에 태어났다는 이유로 죽어야 합니다.

그렇게 우리 곁을 떠난 산양들,

그들의 비명소리는 지금 어느 산 속을 떠돌고 있을까요.

자연의 분노

인간을 만나고 온 바다

물거품 버릴 데를 찾아 무인도로 가고 있다.

신대철 「무인도」 중에서

입추를 지나와 우리는 어느덧 가을 입구에 서있다. 돌아보면 지난 여름도 유별났다. 열파(熱波)의 기습을 받은 동해안 기온은 인간의 체온보다 뜨거웠고 열대야는 예사로 찾아들었다. 먹구름은 기상청의 감시망을 뚫고 다가와 느닷없이 장대비를 쏟아붓고는 사라졌다. 게릴라성 국지폭우는 발생에서 소멸까지 2시간도 채 걸리지 않는다고 한다. 천둥은 왜 그리도 잦은지…. 인간에 대한 자연의 습격은 점점 예측하기 어렵다. 해마다 천기(天氣)에 관한 '최고, 최다, 최저' 기록들이 양산되고 있다. 갈수록 여름나기가 힘들다. 기분도 좋지 않다.

왜 자연은 갈수록 사나워지는가? 그것은 인간의 끝없는 욕심 때문이다. 쾌적한 생활, 더 높은 생활수준을 위해 인간들은 자연을 부리고 환경을 가공한다. 에어컨은 인간에게는 이기(利器)일지 몰라도 풀, 나무, 동물들에게는 열을 뿜어내는 괴물이다. 사무실도 차안도 집안도 모두 열을 빼낸다. 나와 우리만을 위해 배출되는 열기는 사방으로 흩어져 산하를 달군다. 그러면 지구라는 거대한 생명체가 더위를 먹는다. 결국 지구는 가쁜 숨을 내쉰다. 환경문제는 이렇듯 개개인의 사소한 행위들이 수없이 겹쳐져 생겨난다.

인간은 영악해지는 만큼 점점 나약해지고 있다. 참을성이 현저하게 떨어진 인간들은 점점 거칠어지는 자연 속에서 보조기구 없이는 살아가기 힘들어졌다. 그래서 더 편한 것들을 만들어낸다. 뜨거워진 지구에 살기 위해서는 더 강력한 냉방장치가 필요하다. 이건 분명 악순환이다. 자연과의 불화는 자연재앙이라는 거대한 부메랑으로 돌아온다.

온실효과에 의한 기온상승, 열대우림과 숲을 파헤쳐 일어나는 생태계 파괴, 방사성 폐기물이나 생활쓰레기에 오염된 물과 흙, 화학물질의 대량 살포로 일어나는 오존층 파괴, 환경호르몬의 남용으로 벌어지는 성(性)의 교란 등은 모두 인간만이 편히 살겠다는 이기심에서 비롯됐다.

올해는 특히 지구온도가 기온을 측정한 이래 가장 무더운 한해가 될 것으로 영국 기상청은 전망했다. 상반기에 북반구는 무려 섭씨 0.73도가 치솟아 평균 15.73도를 기록했다고 한다. 과거 지구 온도의 일관된 변화

속도가 평균 1,000년 동안 1도에 불과했다는 사실에 비춰보면 경악할 수치이다. 또한 엘니뇨가 다시 꿈틀거린다고 한다. 페루 앞바다에서 일어나 지구의 정상적 순환패턴을 파괴하는 엘니뇨, 우리는 엄청난 그 힘만을 알 뿐 실체는 눈으로 볼 수가 없다. 불길할 뿐이다.

칼 세이건은 그의 저서 『창백한 푸른 점』에서 죽어가는 지구라는 생명체에 곡괭이질을 계속하는 인간의 탐욕을 꾸짖는다.

우리는 우리 행성을 살기에 알맞은 상태로, 수백 수천 년에 걸쳐서가 아니라 시급하게 수십 년 아니 수년 내로 회복시켜야 한다. 이 일에는 정부, 산업, 윤리, 경제, 종교 등 여러 면의 변화가 수반되어야 한다. 우리는 여태까지 이런 일을 해본 적이, 전지구적 규모로는 더더구나 없다. 이것은 우리에게 너무 어려운 일인지도 모른다. 위험한 기술이 너무 널리 보급되었고, 부패가 너무나 골고루 퍼졌고, 너무나 많은 지도자들이 장기적이기보다는 단기적인 사업에만 몰두하고 있는지도 모른다. 인종, 국가들, 여러 이데올로기들 사이의 분쟁이 너무 많아서 지구적 규모의 올바른 변혁이 이루어지기 힘든 것인지도 모른다.

무절제하게 석탄을 태우면 스모그가 발생하고 무분별한 산림 벌채는 토양 침식과 함께 홍수를 유발한다는 것은 이제 상식이다. 인류는 지난 세기 체험적 교훈을 얻었다. 하지만 21세기 환경문제는 어떤 특정지역에 국한되지 않고 전세계적인 현상으로 나타난다. 그래서 단 한번의 시행착

오도 인류 공통의 재앙이 될 수 있다. 우리가 우리의 삶을 거슬러 다시 살 수 없듯이 지구에서 생명붙이의 절멸도 되돌릴 수는 없다. 더 이상 지구를 거대한 실험실로 착각해서는 안 된다. 그것은 돌이킬 수 없기 때문이다. 생물학자 폴 에를리히는 "자연의 법칙에 대한 무지에는 용서가 없다"고 말했다.

그리운 고요

추석 무렵, 고향에 안긴 사람들은 우선 고향의 빛과 소리가 정겨웠을 것이다. 빨간 고추밭, 누런 들녘, 파란 하늘, 검붉은 담장, 그리고 가을이 쏟아내는 귀에 익은 소리들. 누구에게나 외딴 곳에서의 첫 밤은 너무 조용하여 얼른 잠을 이루지 못한다. 어둠보다 침묵이 더 깊다. 불빛과 소음이 걷힌 고향 밤은 얼마나 적요한가. 가만히 생각을 열어보면 어릴 적 세상은 이렇게 고요했었다. 별이 보이고 바람 소리가 들린다. 비로소 별이 별로 뜨고 바람이 바람으로 분다.

우리는 기억하고 있는 많은 소리를 잃어버렸다. 동네 사람들의 목소리에서부터 자연의 소리, 동물의 울음소리들이 이제 어렴풋해졌다. 큰 소리는 작은 소리를 삼키고, 큰 소리는 더 큰 소리를 불러온다. 그래서 세상은 점점 시끄러워진다. 조선 말기 고종황제의 신임을 받았던 선교사 호레이스 N. 알렌(1858~1932)은 『조선 체류기』에서 100년 전 서울의 밤을 이렇게 묘사했다.

그것은 고요한 밤의 도시였다. 그 고요함을 깨뜨리는 휘파람 소리나 지나가는 차 소리도 전혀 없었다. 바퀴 달린 수레 하나도 굴러가지 않았다. … 쉬어야 할 늦은 시각까지 일하기에 바쁜 어느 아낙네가 두드리는 다듬이 방망이 소리가 멀리서 들려왔다. 그리고 잠 못 이루는 어린아이의 울음소리, 개 짖는 소리, 재해를 당한 집에서 민간치료를 하기 위하여 울부짖는 무당의 푸닥거리 소리와 더불어 당나귀의 울음소리만이 희미하지만 거리에서 들을 수 있는 소리의 전부였다.

소리를 풍경으로 되살려 보라. 얼마나 정겨운가. 따져 보면 소리는 상상이다. 풍악이 있는 곳에는 신명이 있고 여인의 울음 속에는 사연이 있다. 라디오를 듣고 자란 세대는 감성적이지만 텔레비전을 보고 자란 세대는 분석적이라는 얘기가 있다. 일리가 있어 보인다.
도시가 팽창하면서 서울은 엄청난 양의 쓰레기와 함께 거대한 소음덩어리를 토해냈다. 끊임없이 낯선 소리를 날리고 있다. 서울에 처음 온 사람에게 가장 정 떨어지는 것은 늦은 밤 셔터 내리는 소리였다. "차르르 찰칵" 듣기만 해도 소름이 돋았다. 그것은 차갑기도 하려거니와 공간을 밀폐시키고 사람과 사람을 단절시키는 연상을 하게 만들었다. 서울이란 곳에 갇혀있다는 느낌이 들게 만들었다. 그 많은 사람들은 어디로 떠나고 나만 혼자 남아 있는가? 광장의 고독감은 얼마나 황량했던가. 문명의 이기는 새로운 소음을 낳았다. 소음은 겹겹이 우리를 감쌌다. 그 소음에 갇혀 소음을 듣지 못한다.

바람을 베어 물고 밤새 우는 문풍지 소리, 뒤뜰에서 무시로 들리던 감 떨어지는 소리, 옆집 할아버지의 해묵은 기침소리, 뒷산에서 굴러 떨어지던 온갖 새소리, 계곡에서 내려오는 물소리, 철따라 음색이 변하던 풀벌레 소리, 새벽을 열었던 수탉의 길고 긴 울음소리, 대낮의 졸음보다 더 게으른 누렁소의 하품 소리, 암 붙으려는 수퇘지의 비명소리…. 계절이 바뀌면 쏟아지던 소리, 소리들. 그 소리들은 완벽한 고요 속에 착착 달라붙었다. 하얀 도화지에 물감이 칠해지듯 선명하게 감겨들었다. 모두들 살아있었다. 오죽하면 눈 내려 쌓이는 그 가는 소리를 시인은 '머언 곳에 여인의 옷 벗는 소리' 에 비유했겠는가.

형광등을 껐을 때, 냉장고가 멈췄을 때, 컴퓨터를 껐을 때, 냉난방 장치의 작동이 멈췄을 때 돌연 사위가 조용해진다. 우리는 비로소 그동안 잡음 속에 갇혀 있었음을 안다. 우리는 분명 소음에 갇혀 있다. 다만 느끼지 못할 뿐이다. 도심 가로수에 붙어있는 매미가 왜 그렇게 사납게 우는가. 소음보다 더 큰 소리로 짝을 부르고 있는 것 아닌가. 갈수록 도시의 불빛이 짙어지는 것만큼 소음도 크다. 서로를 부르려면 목소리를 높여야 한다. 소음이 들려야 안심하고, 소음을 덮고 잠을 청하는 우리들, 도시인들.

우리를 칭칭 감고 있는 소음들을 하나씩 벗겨내 보자. 내 목소리가 그대로 박히는 절대의 고요, 침묵의 소리가 야성(野性)을 키우는 시간 속으로 들어가 보자. 그러기 위해서는 이 도시를 떠나 어디로 가야 하는가.

우리네 유년시절에는
밤마다 별이 쏟아졌습니다.
그러나 지금은 별이 잘 보이지 않습니다.
불빛들이 너무 많아 빛을 잃어버렸습니다.
아무 것도 섞이지 않은 어둠에 묻히면
비로소 빛이 보입니다.
그 속에는 야성의 시간이 흐릅니다.
별이 쏟아지는 절대 고요의 밤에는
소리가 소리로 감겨듭니다.

생명의 논

논은 최고(最古)의 살아있는 유물이다. 장구한 세월을 이어내려 왔지만 모를 내지 않으면 금방 사라져버린다. 1년만 묵혀도 논은 논이 아니다. 논은 정교한 인간의 보살핌이 있어야만 존재했다. 그리고 영농기술은 그 시대 과학의 결정체였다. 한해도 거르지 않고 인간에게 양식을 바쳤다.

벼도 처음에는 야생이었을 게다. 그 야성을 조금씩 길들이며 인간은 마침내 벼를 논에 가두는 데 성공했다. 많은 시간이 걸렸고 숱한 시행착오를 거쳤겠지만 인간은 '먹을 것'을 기르게 되었다. 비로소 땅을 믿고 정착할 수 있었다.

우리 민족에게 쌀은 생명이며 신앙이었다. 사람이 죽어 저승 가는 길에도 쌀을 뿌렸다. 생쌀을 먹으면 어머니가 죽는다고 겁을 줘서 아무리 배가 고파도 생쌀에는 손을 못댔다. 얼마나 귀히 여겼으면 '어머니 죽음'을 끌어와 쌀독에서 아이들을 쫓았을까. 우리 아버지들은 자기 논에 물들어가는 소리와 새끼들 목구멍으로 음식 넘어가는 소리가 가장 듣기 좋았다고 했다. 가뭄이 들면 자기네 논물을 밤새 지켰다. 당시 물도둑은 쌀도둑이나 마찬가지였다. 마땅한 벌이가 없는 농투성이의 한해 살림살이는 논농사의 풍과 흉에 달렸다. 그래서 농촌에서는 논두렁싸움이 가장 무서웠다. 논에서 자라는 벼는 1년 동안 키우는 한시적 자식이었다. 어쩌면 자식 키우기보다 더 어려웠을지도 모른다. 자식은 말귀라도 알아듣지만 벼는 싫다 좋다 말이 없다.

벼를 키운다는 것은 정성 그 자체였다. 볍씨를 고르고, 못자리를 만들고, 모를 내고, 피를 뽑고, 김을 매고, 벼를 베고, 이를 다시 훑고, 방아를 찧고 마침내 쌀밥이 되어 입에 들어갈 때까지 여든여덟 번의 사람 손을 거쳐야 한다고 했다. 그래서 쌀 미(米)자 속에는 팔(八)십(十)팔(八)이 들어 있다고 한다. 十자에 위, 아래로 八자가 붙어 米자가 되었다는 얘기다. 농사철에는 마을의 모든 것이 들녘으로 옮겨졌다. 소와 말, 농기구, 사람들까지…. 그때 정까지 나눠 먹던 들밥은 얼마나 맛이 있었는가. 길손까지 불러 막걸리 한 잔에 국밥 한 그릇을 안겼다. 봄에는 연둣빛 희망이었고, 여름엔 벼들의 함초롬한 모습이 우렁찼고, 가을엔 제 무게를 이기지 못하고 고개를 떨군 모습이 풍요 자체였다.

선조들은 여태껏 밥의 힘으로 일하고 자식 키우며 역사를 이어왔다. 밥알 하나가 천(千)의 귀신을 내쫓는다고 믿었다. 기름이 자르르 흐르는 하얀 쌀밥에 고기국은 꿈같은 식사였다. 하지만 어느 때부턴가 세상이 변했다.

농촌은 1970년대에 붕괴되기 시작했다. 젊은이들이 일시에 농촌을 떠나가자 갑자기 마을이 늙기 시작했다. 농촌을 떠난 젊은이들이 도회 변두리를 배회할 때 들녘에 남겨진 부모들은 자식들의 빈자리를 바라보고 있었다. 논도 급속도로 늙어갔다. 젊은 힘이 사라진 벌판은 농약과 기계로 버텨야 했다. 땅힘은 갈수록 약해져서 약기운이 아니면 생명붙이를 키워낼 수 없게 되었다. 그러던 어느날 이 땅에서 쌀이 남아돌기 시작했다. 농심은 참담하게 무너져 내렸다.

들녘에서는 원초적 신바람과 설렘이 사라져가고 있다. 농사를 짓는 것은 극도로 긴장되고 경건한 일이었지만 이제 들녘은 예전처럼 팽팽하지 않다. 사람도 벼도 땅도 맥없이 풀어졌다. 제발 쌀을 먹어달래도 도회지 사람들은 듣는 시늉만 낼 뿐이다. 정부는 억지로 억지로 수매하며 온갖 생색을 다 낸다. 그러나 가장 큰 일은 이들에게 내일이 없다는 것이다. 모여서 주먹을 내지르고 핏빛 구호를 외쳐보지만 돌아가는 차 속에는 절망감만 엄습해온다. 값싼, 너무나 값싼 외국 쌀들이 상륙을 기다리고 있다. 많은 것들이 사라졌다. 쟁기질하면 배를 뒤집으며 되살아났던 흥과 정, 그리고 여기저기서 피어나던 구수한 이야기들을 이제 정녕 묻어야 하는가. 갑갑하다. 안타깝다. 들녘에 나가 논둑길을 한번 걸어보자. 신 벗고 햇살 바르고 천천히…. 묵은 쌀을 사료로 먹이자고 하는 요즘, 새삼 쌀밥 한번 제대로 못 드시고 세상을 떠난 어른들께 죄스럽다. 어릴 적에는 늘 우리 곁에 있었지만 이제는 이름마저 가물가물해진 농기구들을 불러 세워본다.

"쟁기 따비 가래 괭이 쇠스랑 다래끼 써레 망태 삼태기 용두레 키 체 절구 맷돌 달구지 갈퀴 도롱이 멍석 연자매 작두 도리깨 지게 홀태…"

무엄한 시대의 기도

지금 북한산은 굴착기의 굉음 앞에 떨고 있다. 언제 그것들이 입을 쩍 벌리고 달려들지 모른다. 북한산을 관통하는 공사(공사명 : 서울외곽순환고속도로 건설사업)를 강행하려는 정부와 업자들이 내세우는 가장 큰 이유는 '돈이 적게 들어서'이다.

가장 그럴듯해 보이지만 가장 어처구니없는 핑계이다. 인간이 한번 훼손한 자연은 다시 복원할 수 없다. 지금까지 산을 깎고 물길을 바꾸면서 으레 '경제논리'를 끌어들였다.

좋다. 굳이 경제논리를 동원한다면 북한산이 품고 있는 그 많은 생명붙이를 죽이는 일은 얼마나 큰 손실인지 따져보자. 왜 생명을 짓밟는 행위는 돈으로 환산하지 않는가? 비와 눈과 바람으로 자연이 깎고 빚어낸 북한산, 수수만년 전에 그 자리에 그렇게 서서 인간을 품어온 북한산을 왜 우리 시대에 파괴해야 하는가.

개발야욕을 온몸으로 막고 있는 사람들의 생명운동이 실로 눈물겹다. 그리고 그 중심에 불교가 있다. 굴착기는 혀를 날름거리며 숲을 노려보고 있고, 그 앞에서 스님들은 기도를 올리고 있다. 불교와 숲은 뗄 수 없다. 불교라는 종교는 숲에서 완성되었다. 석가모니 생애를 살펴보면 중요한 시기마다 나무가 등장한다.

첫째는 룸비니동산에서 마야부인이 손을 짚고 서서 싯다르타를 분만했던 아소카 나무이다. 아소카는 '고통 없음'을 뜻한다. 둘째는 붓다가 깨달음을 얻었던 불교계의 버팀목 보리수이다. 셋째는 붓다가 그 나무 그늘에서 열반에 든 사라쌍수(沙羅雙樹)이다. 붓다가 열반에 이르자 제철이 아닌데도 홀연히 꽃을 피웠고, 그 꽃잎이 신들이 하늘에서 뿌리는 꽃비와 섞여 석가모니의 온몸을 염해주었다고 한다. 이들 나무가 불교계에서 받드는 3대 성수(聖樹)이다.

숲은 지구상에 존재하는 모든 종(種)의 반 이상을 품고 있다. 이미 지구상에 존재했던 산림의 절반이 사라졌고, 그 속의 생명붙이들은 삶의 터전을 잃고 새천년으로 건너오지 못했다. 정말 아무 두려움 없이 나무를 자르고 숲을 뭉개고 땅을 들쑤시는 무엄한 시대이다.

최근 수십 년간의 생물종 감소는 6천5백만 년 전 공룡의 절멸 이후 최대 규모이다. 지난 20세기는 가히 멸종의 시대이며 학살의 세기였다. '죽음의 시기'였다. 인간 외의 모든 것들에게는 공포 자체였다. 생물학자들은 향후 30년 이내에 지구에 존재하는 동식물의 5분의 1이 사라질 것이라고 경고하고 있다.

해마다 세계적으로 2백만~5백만의 살아있는 새들, 2백만~3백만 마리의 파충류, 1천만~1천5백만 마리분의 파충류 가죽, 5억~6억 마리의 관상용 물고기, 1천~2천 톤의 산호, 7백만~8백만 포기의 선인장, 9백만~1천만 촉의 난초가 거래되고 있다.

인류는 아무런 죄의식 없이 자연을 학대하고 온갖 생명붙이들을 처형하고 있다. 왜 그럴까? 그것은 환경이 오염되기 전에 이미 우리 마음과 영혼이 오염되어 있기 때문이다.

불교계가 북한산을 감싸고 있음은 그 안에 사찰 등 불교재산이 널려 있기 때문만은 아닐 것이다. 그것은 너무 지엽적이다. 그 어떤 것도 홀로 존재할 수 없고, 너와 내가 둘이 아니듯이(自他不二), 인간과 자연도 따로 존재할 수 없다는 가르침을 받들고 있기 때문일 것이다.

인간만이 지구의 주인이 아니라 모든 생명체는 나름의 존재 이유가 있다는 믿음 때문일 것이다. 부처님의 탄생과 득도와 열반을 지켜본 나무들은 부처와 교감했던 성목이었다. 이런 성목은 아직도 우리 곁에 서있다. 우리가 보지 못할 뿐이다.

가만히 한국 불교를 들여다보면, 이렇듯 생명을 지키는 기도소리와 더 높게 더 넓게 사찰을 짓는 불사(佛事)의 망치소리가 공존하고 있다. 산을 깎아 생명붙이의 삶터를 짓이기고 부처를 모심은 아무래도 어리석다. 불교 최초의 경전인 『숫타니파타』는 이렇게 부처의 가르침을 전하고 있다.

눈에 보이는 것이나 보이지 않는 것이나, 멀리 살고 있는 것이나 가까이 살고 있는 것이나, 이미 태어난 것이나 앞으로 태어날 것이나 살아있는 모든 것은 다 행복하다.

한국 불교의 기도에 모든 영혼이 씻겨지고, 살아있는 것들이 행복해졌으면…. 지금 우리에게 필요한 건 간절한 기도이다.

자연은 수수만년 동안 제 몸매와 얼굴을 가꾸었지요.

비와 바람, 햇살과 눈을 맞으며

생명붙이를 품기에 가장 좋은

넉넉한 가슴과 튼실한 둔부를 스스로 만들었지요.

그런데 인간이 개발이란 이름으로 자연을 성형하려 듭니다.

그러나 자연은 직선이 아닙니다.

평지가 아닙니다.

못생긴 들풀 하나라도 그들이 우리 세상에 존재해야 하는 이유가 있습니다.

그 이유를 인간들은 잘 모릅니다.

아니 귀 기울이지 않습니다.

저렇듯 자연을 짓밟지 말라는 외침은

실은 우리 인간이 자연과 화해해야만 살아남을 수 있다는 절규입니다.

자연을 떠나서는 아무 것도 살 수 없습니다.

인간은 자연의 일부이지 전부가 아닙니다.

영혼을 헹구는 '숲'

울창한 숲 속에 들어가면 신성(神性)이 느껴진다. 아름드리 나무둥치는 하늘을 떠받치고, 잎들의 퍼덕임은 요정의 노래 같다. 드문드문 초록지붕을 뚫고 쏟아지는 햇살 무더기는 흡사 무슨 계시처럼 보인다. 보이지는 않지만 뿌리는 저 깊은 땅 속으로 뻗어가 물을 퍼 올리고 있을 것이다. 오래되어 저 혼자 진화된 숲에는 인간이 범접하지 못할 위엄이 있고 나름대로 질서가 있다. 지하, 지상, 천상의 세 세계를 가로지르는 나무는 저 깊숙한 과거의 심연으로부터 현재를 거쳐 영원으로 뻗어있는 것처럼 보인다. 인간보다 훨씬 이전에 세상에 존재했던 나무들, 거대한 유기체요, 에너지의 압축기인 숲. 온갖 잎과 열매로 생명붙이의 배를 채워줬다. 정녕 생명의 원천이었다. 그래서 나무는 경배의 대상이었고 부족마다 영혼을 헹구는 '신성한 숲'을 지니고 있었다.

그렇다면 진정 나무에게도 영혼이 있을까. 프랑스의 수목학자이며 문필

가인 자크 부로스는 그의 역저 『나무의 신화』에서 역설한다.

나무들은 영혼을 가지고 있다. 하지만 이같은 믿음은 우리에게는 철 지난 미신처럼 보인다. 그러나 버나드 쇼와 앙리 베르그송을 열광시킨, 식물의 심리에 관한 중요한 저서들을 쓴 인도의 한 저명한 학자는 1900년부터 30여년 동안 실험을 통해 식물들에게도 어떤 특정한 기억능력이 동반된 감성이 존재한다는 것을 입증하였다. 식물은 바다 속에서 살고 있었던 최초의 유기체로서 동물보다 시기적으로 앞서며, 동물세포는 변형된 식물세포일 뿐이다. 식물들도 기억형식을 만들어내는 반사적 감성을 가지고 있고 그들 역시 만족을 표시하며, 여러 차례의 실험을 통해 알 수 있었듯이 두려움을 느끼며 또한 기억능력을 가지고 있다.

숲이 수난을 받기 시작한 것은 인간의 신을 위해서였다. 그리스도교 전도사들이 이교도를 개종시키려 할 때 최초로 한 일이 수목숭배 제의(祭儀)를 금지시키고 성림을 파괴하는 것이었다. 부로스는 "숲 속에 수도원을 짓는 것은 단순히 명상에 필요한 평화와 침묵을 얻기 위해서만이 아니라, 그곳에 은신해 있는 초자연적 피조물들을 몰아내기 위한 것이었다"고 해석한다. 나무 열매와 성림의 도토리가 부족해지면서 농업이 탄생한 이후, 숲은 자꾸 잘려나갔다. 그는 교회가 승리를 거둔 이후에 사람들로부터 숭배를 받는 유일한 나무는 그리스도의 십자가뿐이라고 말한다. 그리스도의 십자가. 그렇다, 필자의 설익은 생각인지는 모르지만 나무는 예수의 피를 받아 악령의 서식처라는 그릇된 인식으로부터 해방되었다. 십자가에 못박힘으로써 인간뿐만이 아니라 숲까지 구원받았다.

하지만 나무에 대한 학살은 계속되고 있다. 초자연적 위치를 상실한 숲은 해체되었지만 그 자리에는 공포의 그림자가 자라고 있다. 인간의 톱질은 인간의 심성을 잘라내고 있다. 공포의 실체는 알 수 없지만 무언가 서서히 인간을 향해 다가오고 있다. 나무들의 비명이 살아있는 것들을 찌르고, 나무들의 두려움이 인간을 떨게 한다.

지금 이 시간에도 국립공원 북한산을 관통하는 8차선의 거대한 서울외곽순환도로 건설을 둘러싸고 종교, 환경단체와 정부, 개발업체가 서로 대치하고 있다. 순전히 인간만을 위해 자연은 죽어야 하는가. 굴착기들이 붉은 혀를 날름거리며 숲을 노려보고 있고 다른 쪽에서는 스님들이 기도를 올리고 있다. 산의 해에 산이 울고 있다.

왜 무지개는 뜨지 않는가

우리는 금세기 마지막 여름을 나고 있다. 노스트라다무스가 예언한 '공포의 대왕'은 하늘에서 내려오지 않았다. 어김없이 큰비가 내렸고 태풍도 찾아왔다. 하지만 이상하다. 그 옛날 동구 밖에서 젖은 가슴을 말릴 때 황홀하게 피어오르던 무지개, 그 무지개가 요즘은 자주 뜨지 않는다. 무지개는 하느님이 '너희를 보살피겠다'는 약속이 아니던가. 심상치 않다.

뭔가 수상하다. 왜 이리 비가 사납게 쏟아지는지 모르겠다. 왜 집요하게 같은 곳만 공격하는지. 요즘 매미들은 또 어떤가. 너무 시끄럽다. 악을 쓰며 운다. 아마 천적들이 사라지고 먹이사슬에 이상이 온 것 같다. 어느 산에 오르건 조선 소나무들이 시름시름 앓고 있다. 갈수록 심해지는 열대야, 잠 못 자는 이 고통은 어쩌면 우리들이 만든 '이승의 지옥체험'이 아니던가.

제비는 어디로 가서 아니 올까. 앞으론 흥부 놀부 얘기 속에서만 살아있을 건지. 어느 날 홀연 우리 곁을 떠나가는 동식물들, 저들의 멸종은 우리에게 무엇인가. 호랑이, 반달곰, 삽살개, 늑대, 따오기, 원앙사촌, 크낙새 같이 정겨운 것들을 새천년 속으로 데려가지 못한다는 것은 우리에게 무엇인가.

태풍이 상륙하는 해에는 작은 들풀들도 미리 알고 봄에 뿌리 하나를 더 내린다고 한다. 비가 오기 전, 개미들은 무리지어 안전한 곳으로 옮겨간다. 무식한 건 오직 인간들뿐이다. 인간의 논리는 야성(野性)을 없애고 그 자리에 탐욕을 심었다. 그 탐욕이 강을 죽이고 산을 뭉갰다. 콘크리트 둑으로 강의 숨통을 죄고 산을 깎아 집을 짓는다. 하지만 우리가 개발이란 이름으로 파괴한 것들, 그것들은 다시는 우리 곁에 돌아오지 않는다. 우리가 죽인 갯벌은 다시 살아나지 않는다. 저 시화호의 썩은 물과 그 악취가 무식한 인간들을 나무라고 있지 않은가.

사람들은 굽은 강을 곧게 펴서 직선으로 흐르라고 명령한다. 하지만 자연은 곡선이다. 강물은 꼭 그렇게 흘러야만할 곡절이 있다. 제 멋에 제 흥에 겨워 흘러야 한다. 직선은 위험하다. 그것은 인간 속에만 존재한다.

임진강과 한탄강 유역이 범람했다. 어떤 이는 자신의 집이 네 번째 물에 잠겼다고 한다. 96년부터 해마다 눈물을 흘렸으리라. 모두들 이번 폭우를 담기엔 강폭이 너무 좁다고 얘기한다. 물론이다. 하지만 임진강변에서 진행되는 대규모 택지개발이 수해를 키웠다. 땅속으로 스며야할 물들이 강으로만 흘러들었다. 서울 중랑천변도 범람위기는 넘겼지만 무분별한 강폭 개발이 해마다 사람들을 공포 속으로 몰아넣고 있다. 이대로라면 언젠가 범람할 것이다. 강을 살아 있게 해야 한다. 강물이 생각하며 흐르게 해야 한다. 지금 우리나라 강들은 거의 자정능력을 상실했다. 저 혼자서는 소리내지 못한다. 크게 울지도 못한다.

이틀 후면 입추, 우리 모두 가을로 들어선다. 세기말 마지막 여름도 속절없이 지나가고 있다. 3일 후엔 지구촌 인구가 60억이 된다고 한다. 인간으로 지구는 만원이다. 그래서일까. 남자들의 정자수가 감소한다고 한다. 먼 훗날엔 새 생명을 잉태하는 것이 한 마을의 축제가 될지도 모른다. 이대로 가면 '불임'이란 대재앙이 어느 날 인간을 소리없이 습격할 것이다.

분명한 것은 지구가 살아있다는 사실이다. 지금처럼 인간 탐욕의 배설물이 자연을 더럽히면 지구는 가만있지 않을 것이다. 재채기를 하거나 몸을 떨 것이다. 왜냐하면 지구는 살아있고, 인간 아닌 다른 생명붙이도 품고 있으니까.

'자연학대'는 반드시 재앙으로 돌아온다. 세기말의 마지막 여름을 나며 새삼 우리 주변에서 일어나는 심상치 않은 일들을 떠올려보자. 왜 폭우가 이 땅을 할퀴는지, 왜 해마다 마른 장마가 생기는지, 장마 뒤엔 큰비가 내리는지, 태풍은 우리 주변의 무엇을 쓸어버리기 위해 찾아오는지. 다시 태풍이 올라오고 있다

■ 1999년 8월에 쓴 글이다. 노스트라다무스 예언 속의 '공포의 대왕'은 내려오지 않았지만 날씨는 사나웠다. 왠지 음산한 기운이 나를 덮쳤다. 나는 몸을 떨며 이 글을 썼다.

서울 남산타워 속으로 빨려 들어가는 번개.

천기가 갈수록 수상합니다.

날씨가 왜 이리 사나운가요.

그 옛날 아버지는 마루에 앉아

집채만한 천둥소리에 미동도 하지 않았습니다.

장대비가 쏟아지면 대낮인데도 칠흑 같이 어두웠고,

아버지의 담배불만이 선명했지요.

그땐 그 담배불이 우리를 지켜줄 것 같았습니다.

비가 그치고 동구밖 키 큰 나무에 걸치듯 떠있던

그 무지개를 잊을 수 없습니다.

황홀했지요.

이제 아버지도 세상에 없고,

그 담배불빛도 없고,

그 무지개도 없고

그저 두렵습니다.

山이 무너지고 있다

서울의 동쪽 끝엔 일자산이 있다. 이름 그대로 일자(一字)모양이다. 흡사 턱을 괸 와불처럼 길게 누워 마을(둔촌동, 천호동, 길동, 방이동 등)을 굽어보고 있다. 어쩌면 곁가지 없이, 등도 휘지 않고 똑바로 뻗을 수 있을까. 볼수록 신기하다. 그 끝을 오가면 두 시간은 족히 걸린다. 경기도와 경계를 긋기 위해 쌓아올린 거대한 둑 같기도 하고, 서울 도심에서 쫓겨난 사람들이 더 이상 밀려나지 않도록 품어주는 성곽처럼 보이기도 한다. 찰진 육산(肉山)이다.

그 속엔 온갖 나무가 있고 약수가 나온다. 무덤들이 어깨를 맞대고 있는 공동묘지도 있다. 또 고려말 충신 이집(李集)이 숨어 지냈던 둔굴이 그을음을 칠한 채 아직도 입을 벌리고 있다. 그는 신돈(辛旽)을 탄핵하려다 오히려 쫓기는 신세가 되어 이곳 일자산으로 몸을 피했다. 화를 면하고 후일 문명을 떨친 그는 호를 둔촌(遁村)으로 바꾸었다. 결국 그 둔촌은 오늘의 마을 이름이 되었다.

내 있는 곳을 둔촌이라 하였으니,

그 둔(遁)을 덕이라 생각하는 까닭이며,

위험에서 나와서 위험을 잊지 않는다는 뜻이다.

『둔촌기(遁村記)』

미루어보면 일자산은 야망을 숨길만한 제법 깊은 산이었다.

처음 둔촌동에 이사 온 건 늦봄이자 초여름이었다. 인근의 논에선 개구리가 숨이 넘어갈 듯 밤새 악을 썼고, 산에선 뻐꾸기 소리가 일정한 간격으로 내려왔다. 밤에 듣는 뻐꾸기 울음이 그렇게 구슬픈지 그때 처음 알았다. 아마 그들도 서울에서 쫓겨나 가까스로 이곳에 둥지를 틀었을 게다. 밤마다 그 울음이 아파트 숲을 뚫고 용케도 날 찾아왔다. 서울은 인간을 가두는 큰 섬이 아니던가. 봄밤이 아팠다. 난 담배를 피워 물거나 창문을 열어 신열을 식혔다. 심한 봄앓이를 했다. 그건 소중한 헹굼이었다. 십수년 전의 일이다.

그러던 어느 해인가 뻐꾸기 울음이 날아오지 않았다. 그리고 또 조금 지나 개구리 울음이 끊겼다. 일자산은 자꾸 야위어 갔다. 스무살쯤 됐을 조선 소나무들이 죽어갔다. 산은 사람을 품어 숨겨주기보다는 사람을 버거워했다. 산은 점차 사람들 속으로 내려왔다.

사람들은 일자산을 토막내 큰길을 냈다. 그리고 지름길을 내려고 수많은 샛길을 만들었다. 그러자 산에 숱한 주름이 생겼다. 샛길은 시간이 지나면 큰길이 되었다. 주름살도 넓어지고 깊어졌다. 그 길로 더 많은 사람이 오르고 산은 속절없이 늙어갔다.

사람들은 조그마한 평지만 봐도 산을 깎아 배드민턴장을 만들었다. 공터엔 운동기구를 빼곡히 설치했다. 전망 좋은 곳엔 벤치를 만들었고, 오르막엔 계단을 만들었다. 사람들은 산속의 여백을 그냥두지 않았다. 약수터는 산 위부터 차례차례 말라갔다.

이윽고 산 밑으로 6차선의 큰길이 났다. 그 길가엔 음식점이 생겨나 산 밑동을 파먹어 들어왔다. 사람들은 애완동물이 죽으면 이곳에 묻었다. 근처에 산높이만한 높은 빌딩이 세워지기 시작했다. 그러자 일자산은 야산으로 변해버렸다.

이제 멀잖아 일자산은 그 어떤 사람도 숨을 수 없는 벌거숭이가 될 것이다. 공원으로 변할지도 모른다. 누군가는 이를 지켜보며 '개발 탐욕'에 군침을 흘릴 것이다. 그리고 끝내는 '누군가의 결단'에 평지로 변할지 모른다. 얼마전엔 누군가 개발허가를 얻으려 일자산 나무들을 고사시키려 한다는 흉흉한 소문이 돌기도 했다. 그땐 둔굴도 표지판만 남기고 사라지리라.

우리도 모르는 사이에 우리 곁을 떠나가는 것들, 우리의 무지(無知)가 저지르는 자연학대. 도시는 모든 걸 삼킨다. 일자산에서 멀지 않은 곳에 있는 풍납토성을 보라. 고대 이탈리아 폼페이 유적에 버금간다는 거대한 민족유산도 시멘트 덩어리에 깔려 숨을 못 쉬고 있다.

일자산은 조금씩 무너지고 있다. 산새 울음이 끊긴 산 밑에 우리들, 도시인이 모여 있다. 산새는 돌아오지 않는다.

생명의 눈으로 보라

새만금사업, 과연 갯벌을 죽여 농지를 만들어야 할 것인가. 단군 이래 '최대의 역사'인가, 아니면 '최대의 바보사업'인가. 그러나 이러한 공방들은 다분히 경제논리에만 집착하고 있다. 개발이익과 보존가치만 따지고 있다. 새만금사업은 겉으론 2만ha의 갯벌을 간척하여 4만ha의 땅을 만드는 사업이다. 그러나 안으로는 그 속에서 살아가는 억겁의 생명붙이를 죽이는 일이다. 그 학살의 대가를 돈으로 환산하고 있는 것이다. 이런 일들을 아무런 죄의식 없이, 아픔 없이 감행해도 좋은가.

지금 우리는 문명의 힘을 과신하고 있다. 하지만 지난 세기의 문명이란 온갖 생명붙이의 삶터를 빼앗은 약탈 아니던가. 숱한 종(種)이 스러져 갔다. 지구는 인간에 의해 인간만을 위해서 돌고 돌았다. 『지구에서 사라진 동물들』(도요새 펴냄)이란 책은 문명이란 이름 아래 자행된 종의 학살을 적나라하게 추적하고 있다. 세 가지 예만 살펴보자.

기원전 6세기 로마는 세상에서, 바바라사자는 숲에서 가장 강했다. 인간은 로마를, 동물은 바바라사자를 경배했다. 힘은 힘을 믿는다. 로마의 지도자들은 바바라사자를 인간과 싸우게 했다. 사자와 검투사들의 목숨을 건 일전, 그 '피의 축제'를 위해 수많은 바바라사자가 잡혀왔다. 그리고 야만의 제단에 피를 뿌렸다. 결국 세상에서 가장 힘센 사자는 인간에게 쫓겨 모로코 북부의 아틀라스 산맥에 숨었다. 1922년 이 험한 산속까지 인간이 쫓아갔다. 총성이 울리고 바바라사자는 지구에서 사라졌다.

뉴질랜드엔 볼혹주머니찌르레기란 새가 살고 있었다. 원주민들은 신성한 의식이 있을 때만 이 새의 꼬리깃을 머리에 꽂았다. 끝이 흰 꼬리 깃털은 길고 우아했다. 20세기 초 영국의 요크공 부부가 뉴질랜드를 방문했다. 요크공은 선물 받은 볼혹주머니찌르레기의 깃털을 모자에 꽂았다. 이 '무심한 행위'가 새의 절멸을 가져왔다. 유럽전역의 귀족들이 요크공처럼 새의 깃털을 꼽았다. 찌르레기들은 오직 모자싯이 되기 위해 남획되었다. 마침내 1907년 12월 28일, 볼혹주머니찌르레기가 마지막으로 목격되었다.

인류의 꿈인 우주개발의 희생양이 된 동물이 있다. 검노랑해변쇠멧새. 플로리다의 케이프 커내버럴에서 인류가 최초로 달을 향해 날아갔을 때 이 새도 달의 반대편, 영원한 어둠 속으로 사라졌다. 6cm밖에 안 되는 작은 새는 어떻게 절멸되었는가. 우주개발센터가 들어서는 땅에는 모기가 유달리 많았다. 사람들은 하천

흡사 찰진 밭고랑 같지요.

모심기 전 잘 고른 논 같기도 합니다.

육지의 끝이며 바다의 끝,

뭍과 물이 몸을 섞는 곳,

온갖 더러운 것들을 품었다가

새 생명의 기운으로 뿜어 올리는 '인자한 자궁'이지요.

서해안 갯벌이 7천살을 먹었답니다.

지구의 나이에 비하면 젊디젊지만

단군이 신시(神市)를 열기 훨씬 전부터 벌떡거렸지요.

그런 갯벌을 왜 우리들이 없애야 하나요?

이 시대를 사는 우리들이 지구 역사상 가장 현명한 무리들인가요?

정말 알 수 없습니다.

의 방향을 바꿔 버렸다. 그러자 습지는 말라버렸고 검노랑해변쇠멧새의 집짓는 장소가 사라져버렸다. 마지막 남은 검노랑해변쇠멧새는 1987년, 디즈니랜드 우리 속에서 죽었다.

이렇듯 인간의 탐욕과 개발 유혹에 숱한 생명붙이가 지구를 떠났다. 그들의 마지막 울음은 어디를 맴돌까. 실로 무서운 일이다. 다시 새만금을 떠올려 보자. 우리 상상 속엔 곧바로 갯벌이 끝없이 펼쳐진다. 뭍과 물이 몸을 섞는 갯벌, 그것은 온갖 육지의 더러운 것들까지 깊숙이 들이마셔 또다른 생명으로 피워 올리는 거대한 자궁이 아니던가. 바다의 생각과 육지의 꿈이 서로 부둥켜안으면 그 안의 온갖 생물들이 노래한다.

철새들이 날아와 이 뻘판에 주둥이를 들이밀고 날아갈 힘을 빨아들인다. 이제 7천살 먹은 서해의 갯벌은 지구의 역사로 따지면 너무나 젊다. 거대한 생명붙이 갯벌, 그 거대한 벌떡임은 세계 어디에서도 찾아볼 수 없는 웅장한 교향곡이다. 축복이다.

부디 경제논리 이전에 생명의 눈으로 갯벌을 바라보라. 우리들에게 지혜가 모자라고, 경험이 없어 확신이 서지 않는다면 이러한 개발은 우리보다 훨씬 뛰어난 후손에게 맡길 일이다. 우리가 살고 있는 이 지구가 우리 것이라는 생각은 죄악이다. 사라진 것은 돌아오지 않는다. 생명을 지키는 일, 지금까지 쏟아부은 돈이 엄청나더라도 생명을 위해 이를 수장(水葬)함이 오히려 아름다울 수 있다.

'쌀'의 종말

가을 끝에 서면 대지에 숨을 불어넣어 생명을 키운 '녹색바람'이 멈추고 어디선가 삭풍이 불어온다. 가을걷이가 끝난 벌판은 무릎 아래까지 서서히 내려앉는다. 바람 불고, 눈 내리고, 또 바람이 불면 논과 밭은 길게 누워 하늘을 본다. 그리고 다시 생명을 품는다. 이 얼마나 아름다운 생의 변주인가.

가을도 겨울도 아닌 11월 초쯤에 들녘을 바라보면 곧바로 우리네 아버지가 떠오른다. 당신의 집에선 자식이, 들에선 벼가 자랐다. 틈만 나면 들에 나가 논을 지키던 아버지. 그 마음을 그때는 몰랐다. 이제야 알겠다. 아버지는 벼를 '키웠던' 것이다. 피 뽑고 김매고, 쓰다듬고 보듬고, 거름 주고 약 뿌리고, 맘 졸이며 애 태워 벼를 키웠다. 그건 일년 농사가 아니었다. 늙고 볼품없는 땅에서 해마다 생명을 피워 올리는 경이로운 역사(役事)였다. 햇빛과 바람과 물에 땀을 섞는 '위대한 기술'이었다. 그래서 아버지의 손은 강하고 섬세했다.

자기 논 물꼬에 물 들어가는 소리와 자식새끼 목구멍에 밥 넘어가는 소리가 가장 듣기 좋았다는 아버지. 우리네 아버지는 모두가 그랬다. 타작이 끝나고 마당에 쌓은 볏짚이 하늘을 가리면 겨울이 시작됐다. 그 우람한 볏가리가 얼마나 든든했던가. 스산한 바람이 불고 흐린 날일수록 볏짚은 산처럼 듬직했다. 그 포만감으로 겨울을 났다. 윤기가 자르르 흐르는 하얀 쌀밥, 그건 곧바로 살림살이의 윤기였다. 집안이 기울면 맨 마지막에 논을 팔았다. 논은 자존심이자 마지막 터전이었다. 쌀은 가장 흔했지만 가장 귀했다. 아무리 귀한 자식이라도 밥풀을 흘리면 가차없이 따귀를 때렸던 아버지들, 우리에게 쌀은 경외의 대상이고 정녕 생명이었다.

쌀이 넘쳐난다고 야단이고, 아침밥을 먹자고, 쌀을 사주자고 법석이다. 저장할 창고조차 없단다. 이젠 풍년이 지겹다고 한숨이다. 논을 갈아엎어 벼를 산 채로 매장시키는 일이 벌어지고 있다. 이제 우리에게 쌀은 더 이상 농촌의 자존심이 아니다. 논은 생명의 터전이 아니다. 들판은 더 이상 믿음이 아니다. 논란의 소지는 있지만 우리는 이미 4,340년 전에 벼를 재배(경기도 일산 가와지 유적지에서 출토된 볍씨 측정)했다고 한다. 올해가 단기 4334년이니 단군이 나라를 세우기 전부터 벼는 이 땅에서 새로운 세상을 연 사람들의 식량이었다. 그런 쌀이 새천년 들어 버림받고 있다. 수천년 동안 이 땅의 모든 것을 지배했던 쌀의 영화는 진정 끝나는가.

쌀의 위기는 물론 우리 혀끝에서 왔다. 젊은이들에게 하얀 쌀밥에 붉은 김치는 더 이상 군침이 도는 '이상적 식사'가 아니다. 미국이 주도하는 세계화, 그 광풍(狂風)은 인류의 언어, 관습 등과 함께 각 나라마다의 독특한 음식까지도 멸종위기로 몰아가고 있다. 그건 '패스트푸드'를 투하하는 또다른 폭격이다. 모든 음식에 설탕을 뿌리는 테러이다. 입맛의 규격화는 똑같은 음식재료를 요구하고 마침내 농촌은 저들의 주문생산 기지로 전락하고 말 것이다.

햄버거와 닭튀김, 피자 등으로 상징되는 패스트푸드는 결국 인류를 육식의 세계로 몰아가고 있다. 이런 포식 위주의 식사는 수만년 동안 변함이 없었던 인류의 체형을 과체중으로 변화시켰다. 1984년부터 93년 사이 영국의 패스트푸드 가게 수가 2배 가량 증가했는데 같은 기간 성인 비만율도 2배 증가했단다. 우리나라도 예외는 아니다. 중년이면 거의가 뱃살이 올라 숨을 헐떡인다. 조상보다 한 근의 몸무게가 더 나간다 해도 그 한 근을 유지하기 위해 일생 동안 얼마나 많은 열량을 섭취해야 하는가. 끔찍하다. 결국 비만은 더 많은 고기를 원하고, 육류 공급을 위해 환경을 파괴해야 한다. 불룩 튀어나온 우리의 뱃살과 그 속의 걸신(乞神)이 쌀을 몰아내고 있다. 논에 벼 대신 잡초가 무성할 때쯤이면 모든 것은 변해 있으리. 우리의 입맛은 환경과 기후까지 변화시킬 것이다.

조금씩, 소리없이 우리 농촌은 해체되고 있다. 땅과 생명에 경배하는 농너른 벌판에 사람과 소가 함께 있는 풍경. 정겹지 않습니까?

헌데 소들이 논에서 사라졌습니다.

소는 더이상 사람의 친구가 아닙니다.

일꾼이 아닙니다.

농가 재산목록 1호가 아닙니다.

소는 이제 인간의 먹이로 사육될 뿐입니다.

땅과 소와 사람이 서로 교감했던 그때가 그립습니다.

소가 하던 일은 기계가 합니다.

땅은 온갖 비료와 농약으로 오염되어 스스로 농작물을 키울 힘이 없습니다.

저 위대한 농사, 푸른 들녘도 머잖아 사라질지 모릅니다.

촌이 사라져가고 있다. 모든 힘을 땅속에 풀었던 우리네 아버지들도 세상을 떠났다. 시골엔 어머니들만 살고 있다. 저 텅 빈 들녘은 누가 잠재울 것인가.

사라지는 것들을 위하여

온 세상에 탄일(誕日) 종소리가 스며들었다. 아기 예수의 사랑이 쏟아졌다. 간밤 인류는 종소리에 무엇을 씻었을까. 종소리로 무엇을 닦았을까. 아프간 전사들의 새우잠 속에도, 테러로 가족을 잃은 사람들의 눈물 속에도, 절멸해버린 새가 지상에 마지막으로 남긴 차디찬 둥지 속에도, 간척의 흙더미 속에서 질식해 죽어가는 새만금 갯벌 위에도, 깊은 산 어느 골짜기에서 덫에 걸려 죽어간 야생 고라니의 차디찬 주검 위에도, 인간의 발길질에 자꾸 졸아드는 대성산 용늪 속에도, 농민의 분노가 스며 핏발로 선 늙은 논 위에도 탄일 종소리가 쏟아졌다.

자신의 의지와는 관계없이 태어나 엄마의 약물중독으로 걷지 못하는 아기의 병상 위에도, 시심(詩心)을 앗기고 울부짖는 시인의 방에도, 고향을 향해 꿇어 엎드린 난민촌의 교회당에도, 광우병이 휩쓸고 간 미친 들에도, 세계를 좋은 나라와 나쁜 나라로 재단하는 강자들의 회의실 테이블에도, 해체된 집안의 가장이 잠들어 있는 옥탑방에도, 위선을 가리기 위해 또다른 위선의 커튼을 내린 작가의 작업실에도, 외국인 노동자의 화인(火印) 같은 상처와 그 비명 위에도 아기 예수는 임하셨으리.

돌아보면 20세기는 약한 것들에겐 무덤이었다. 강자만이 살아남았다. 기세등등했던 논리와 사상도 포만을 걱정하는 강자들의 소화제 같은 것이었다. 그 속에서 약한 것들은 모두 스러져갔다. 그리고 21세기에 들어서도 학살과 처형은 계속되고 있다. 약한 종족은 모든 것들을 버려야 겨우 살아남을 수 있다. 세계화는 강자에게는 축배요 약자에겐 사약이다. 세계화는 규격화를 강요하며 예외를 인정하지 않는다. 변방을 배려하지 않는다. 영어는 고유의 언어를, 과학은 고유의 관습을, 합리를 앞세운 논리는 고유의 의식을, 스포츠와 게임은 고유의 놀이를, 패스트푸드는 고유의 음식을 앗아갔다.

보다못해 유네스코는 지난 11월 지구화 속에서 소멸돼가는 소수민족과 원주민 문화를 위해 '문화 다양성 선언문'을 채택했다. 서문과 12개 조항의 본문, 실행계획으로 이뤄진 선언문은 "문화의 다양성, 관용, 대화 및 협력을 존중하는 것이 국제평화와 안전을 보장하기 위한 최선"임을 서문에서 강조했다. 제1조에서는 "문화는 시간과 공간을 초월하여 다양하게 나타난다. 이러한 다양성은 인류를 구성하는 집단과 사회의 정체성과 독창성을 구현한다. 문화 다양성은 인류의 공동유산이며 현재와 미래 세대를 위한 혜택으로서 인식되고 확인되어야 한다"고 선언했다. 그렇다. 문화 다양성은 신이 내린 것이다. 어떤 부족의 특별한 음식, 깨끗한 공기, 히말라야의 설원(雪原), 푸른 하늘 등이 모두 인류공동의 유산이다. 이것들을 사라지게 하는 것은 분명 죄악이다. 살아있는 것들의 화해만이 평화를 가져올 수 있다.

성경에서는 인류가 각각의 생김새로 서로 다른 말을 쓰며 종족끼리 나뉘어 사는 것은 신(神)에 도전했기 때문이라고 했다. 하느님은 바벨탑을 쌓고 신의 영역에 오르려는 인간의 교만을 응징하며 '끼리끼리' 살도록 했다. 그렇게 인간들은 끼리끼리 잘 살아왔다. 그러나 인간은 다시 교만해졌다. 신의 영역으로 다가가자는 유혹이 고개를 들고 있다. 마침내 뉴라운드 같은 이름의 세계화 문서에 도장을 찍기에 이르렀다. 인간은 다시 바벨탑을 쌓기 시작한 것 아닌가.

우리는 가까스로 20세기 거대한 무덤을 넘어, 살아있는 것들을 끌고 21세기로 들어왔다. 하지만 21세기 원년에도 강자의 탐욕은 아무것이나 삼키고 있다. 수천년을 이어온 것들이 우리 곁을 떠나고 있다. 생명붙이가, 말과 글이, 도구가, 풍속이 사라지고 있다.

하느님은 인간의 탄식과 울부짖음이 하늘을 찌를 때 모세, 사무엘, 요한을 보냈고 마침내 그의 아들 예수를 보내셨다. 선과 악이 뒤엉켜 탈을 바꿔 쓰는 이 시대에, 생명의 외경심이 사라지는 지금, 저주가 난무하는 세상에 하느님께선 당신의 아들을 내려주실 것으로 믿는다. 가장 가난한 땅에, 가장 힘없는 것들을 위해.

저들만의 '포식'은 멈춰야 한다. 학살을 중지하라. 지금 필요한건 기도이다. 이제 야만과 패권은 가라.

■ 2001년 12월 25일 성탄절에 쓴 글이다. 탐욕과 포식과 학살의 20세기를 돌아보며 우리에게 가장 필요한 것은 가난한 마음, 간절한 기도라는 생각을 했다.

다시 부석사에서

영주 부석사에 다녀왔다. 부석사는 소백산 기슭에 떠있듯 서있다. 나도 누구처럼 무량수전 배흘림기둥에 기대서보고 싶었다. 그리고 고려 중기 때부터 그 자리를 지키고 있는 나무건물 무량수전, 그 앞에 고려 때부터 한결같이 펼쳐지고 있는 '산의 군무(群舞)'가 보고 싶었다. 도대체 어떤 모양이기에, 어떤 기개이기에 사람들이 그렇게 흠모하는가.

우선 평생을 박물관에서 한국미를 찾아내고 그 흥과 감동으로 일생을 살다 간 최순우의 헌사를 들어보자.

무량수전, 안양문, 조사당, 응향각들이 마치 그리움에 지친 듯 해쓱한 얼굴로 나를 반기고, 호젓하고도 스산스러운 희한한 아름다움은 말로 표현하기가 어렵다. 나는 무량수전 배흘림기둥에 기대서서 사무치는 고마움으로 이 아름다움의 뜻을 몇번이고 자문자답했다.… 무량수전 앞 안양문에 올라앉아 먼 산을 바라보면 산 뒤에 또 산, 그 뒤에 또 산마루, 눈길이 가는 데까지 그림보다 더 곱게 겹쳐진 능선들이 모두 이 무량수전을 향해 마련된 듯 싶어진다.

건축학자이며 비평가인 김봉렬은 더욱 구체적이다. 그는 무량수전은 부석사의 일부일 뿐이며 전체를 보라고 한다.

돌아보는 눈앞에는 구름 아래로 첩첩한 산들이 부드러우면서도 힘찬 곡선들을 겹쳐가며 대자연의 교향곡을 연주하고 있다. 어쩌면 이처럼 장대하고 아름다운 장면을 대할 수 있을까? 이 거대한 자연의 풍경은 결코 우연이 아니다. 그처럼 수많은 석단을 쌓아가며 이 위치까지 올라오게 만든 것은 바로 이 대자연의 선물을 품에 안기 위함일까. 소백산의 수많은 산줄기와 능선들이 무량수전을 향해 경배하고 있는 것 같다.

은행나무의 안내를 받아 경내로 들어서고, 다시 가파른 돌계단을 오른다. 홀린 듯 오르다보면 마침내 환한 기운이 쏟아지는 곳에 이른다. 곧 무량수전 앞뜰이다. 홀연 나는 이렇게 떠있구나 하는 느낌을 받는다. 약간씩 갈라터진 무량수전 배흘림기둥의 거친 살갗이 오히려 정겹다. 정말 배흘림기둥에 기대서서 지나온 길을 더듬어본다. 길은 보이지 않고 먼 산들이 달려온다. 아, 이것이었구나. 산과 산이 힘을 합쳐 하늘을 떠받치고, 서로의 허리를 잡고 저희끼리 나뒹군다. 구름이 구름을 부르고 산이 산을 부른다.

푸름이 뭉개져 검푸르다. 땅과 하늘이 만나는 곳이 지평선이라면 산과 하늘이 만나는 저 곳은 무엇인가. 도솔봉, 극락봉 같은 산봉우리 이름이, 거기에 이름을 붙인 인간의 간절한 염원들이 부질없어 보인다.

저 먼 산까지 불러 모이도록 하는 부석사는 그래서 가장 큰 정원을 가진 사찰이다. 저 거대한 풍광을 이렇듯 간단히 뜨락에 가둔 사람들은 도대체 누구인가. 인간은 자연 속으로 달려가고, 자연은 부석사로 달려와 경배하게 만드는 저 지혜와 힘은 누구의 것일까. 살아온 길을 되돌아보게 만들고, 자연을 경외하게 만들고, 우주의 신성을 느끼게 한 그들은 누구일까. 바로 이 땅에서 우리보다 먼저 사랑할 줄 알았고, 땅의 귀함을 알았고, 문리를 깨우쳤던 선인들이었다. 이름 없는 사람들이었다.

부석사를 예전에도 찾은 적이 있다. 그런데 내 기억 속에서 그것은 완전히 지워져 있었다. 그때는 부석사가 조연이었고 최고(最古) 목조건물이라는 무량수전만이 주인공이었다. 그러나 어떤 사물을 최고, 최다, 최장, 최신, 최초 등으로 계량화한다는 것이 얼마나 허망한 일인가. 그때 나는 부석사를 보지 못했다. 무량수전 앞뜰에서 산이 노래하는 걸 듣지 못했다. 선인들의 생각을 읽지 못했다.

지금 그대가 녹음이 뚝뚝 떨어지는 여름 한복판을 지나고 있다면, 아이들과 함께 떠나는 휴가라면, 없는 듯이 서있는 유적 앞에서 걸음을 멈춰서볼 일이다. 그리고 우리 것에 말을 붙여볼 일이다. 아이와 함께 가만가만⋯.

부석사 경내에 들어서면
정말 떠있는 느낌을 받습니다.
허겁지겁 올라 온 길을 되돌아보면
길은 보이지 않고 산들만이 보입니다.
먼 듯 가까운 듯
높은 듯 낮은 듯
검은 듯 푸른 듯
서로를 껴안고 있습니다.
노래가 뭉쳐있는 것 같기도 하고
춤이 엉켜있는 것 같기도 합니다.
저토록 장엄한 세계가 있는데
산 아래 우리들은 어떠한지요.
실로 남루합니다.
지나온 삶을 자꾸 뒤적거리게 됩니다.
미움이나 원한 같은 것이
손에 잡히면 그게 또 그렇게 부끄럽지요.

제 3 부

시 간 의 무 늬

편지

편지를 띄워본 지가 너무 오래되었다. 마지막 편지를 누구에게 언제 보냈는지 기억이 나질 않는다. 돌이켜보면 젊은 날의 고뇌와 야망, 사랑과 눈물이 스며있던 편지들은 간절하고 애틋했다. 그 편지를 받았던 사람들은 지금 어디서 무얼하며 살까? 그들은 아직도 나를 잊지 않았을까? 그리고 내가 쓴 편지가 세상에 단 한 장이라도 아직 남아있을까? 있다면 누구의 책갈피에 숨어있을까? 그 중 몇 구절은 누구의 가슴에 희미하게 나마 남아있을까?

어느 땐가 책장을 정리하다 묵은 책의 갈피에서 편지가 떨어졌다. 친구가 보낸 편지는 바래고 바래 펜글씨가 잘 보이지 않을 정도였다. 그걸 보며 왜 그리 안쓰러운 생각이 들었는지. 왜 가슴이 시렸는지. 그 안쓰러움의 대상이 그 친구였는지, 색 바랜 편지였는지, 아니면 친구와 떨어져 살아온 세월이었는지, 늙어가는 나였는지 분명하지가 않았다. 분명한 건 내가 편지 쓸 일이 없듯이, 편지와 편지 속의 사람들이 내 곁을 떠나가고 있다는 사실이다.

줄 쳐진 편찰지나 은은하게 색이 깔린 도화지에 촘촘히 사연을 수놓았지. 읍내에 하나밖에 없는 우체국에 가서 우표를 샀지. 맞아, 우체국 계단에는 늘 화분이 놓여 있었던 것 같아. 하얀 봉투에 우표를 침 발라 붙이고 떨어질까봐 몇번을 문지르고 꾹꾹 눌렀지. 우체통에 집어넣고도 미심쩍어 몇번을 쳐다봤지. 잘가라 편지야…. 그러면 부모에게 애인에게 친구에게로 달려갔던 편지. 그리고 나서 얼마나 애타게 답장을 기다렸던가.

그렇다. 편지는 숙성되었다. 보낼 때는 덜 익었더라도 가면서 발효되었다. 보내는 사람의 마음에서, 받는 사람의 가슴에서 사연이 익었다. 편지는 마음과 가슴을 돌아 나오며 맑게 헹궈졌다.

그리고 편지는 이틀이나 사흘을 기차나 버스나 배를 타고 달렸다. 바람을 맞고 볕을 쬐고 손때가 묻었다. 우체부 아저씨는 주소가 가리키는 대로 골목을 뒤지고 들길, 산길을 걸어 지상의 단 한사람에게 다가가, 단 하나뿐인 이름을 불렀다. 편지는 익었다. 그래서 즐거움, 슬픔, 아픔, 그리움이 되었다.

사랑하는 것은

사랑을 받느니보다 행복하나니라.

오늘도 나는

에메랄드 빛 하늘이 훤히 내다뵈는

우체국 창문 앞에 와서 너에게 편지를 쓴다.

행길을 향한 문으로 숱한 사람들이

제각기 한 가지씩 생각에 족한 얼굴로 와선

총총히 우표를 사고 전보지를 받고

먼 고향으로 또는 그리운 사람께로

슬프고 즐겁고 다정한 사연들을 보내나니.

세상의 고달픈 바람결에 시달리고 나부끼어

더욱 더 의지삼고 피어 흥클어진

인정의 꽃밭에서

너와 나의 애틋한 연분도

한 방울 연연한 진홍빛 양귀비꽃인지도 모른다.

사랑하는 것은

사랑을 받느니보다 행복하나니라.

오늘도 나는 너에게 편지를 쓰나니

그리운 이여, 그러면 안녕!

설령 이것이 이 세상 마지막 인사가 될지라도
사랑하였으므로 나는 진정 행복하였네라.

유치환 「행복」

요즘은 휴대전화 문자메시지로, e-mail로 언제든 서로를 부른다. 뭐든지 생생한 것, 날 것들을 선호한다. 하지만 e-mail이라는 것은 보내기 쉽지만 지우기도 쉽다. 우편함에는 인쇄된 홍보물이나 청구서만 수북하다. 누군가의 손으로 내 이름이 또박또박 쓰여진 편지는 멀잖아 사라질지도 모르겠다. 그러나 밤새 쓴 편지를 차마 부치지 못한 사람이나, 눈물이 번진 편지를 받아본 사람은 안다. 그리움도 자란다는 것을, 익는다는 것을. 혹 여행을 떠난다면 한적한 곳에서 자기 자신에게 엽서 한 장 띄워보면 어떨까. 어떻게 살아왔느냐고, 외롭지 않느냐고, 아직도 거기 사느냐고. 그리움도 세월이 가면 풍화되는가, 희미한 그 옛날 그리움이 다시 그립다.

빨간 우체통이 하늘과 맞닿아 있습니다.

누가 이 외딴 곳에 우체통을 세웠을까요?

땅의 사연을 하늘에 띄우고 싶었나 봅니다.

어디론가 떠난 사람

돌아오지 않는 사람

정녕 사랑하는 사람

잊을 수 없는 사람…

그들에게 파란 하늘을 편지지 삼아 사연을 쓰라는 얘기 같습니다.

지금 생각하면 편지는 기다림이었습니다.

편지를 띄움은 결국 답장을 기다리는 것이지요.

누군가에게 편지를 받는다는 것은 누군가가 그대를 기억하고 있다는 말이지요.

세상의 단 한 사람을 찾아가는 편지.

편지는 산을 넘고, 내를 건너고, 들을 가로지르며 익었습니다.

그 간절함이 이제 그리움입니다.

누이들의 한가위

1974년 9월 28일 밤 용산역에서 일어난 '귀성객 압사사건'을 잊을 수 없다. 나는 현장에서 사건의 시작과 끝을 지켜봤다. 세월이 흘러 기억들이 많이 지워졌지만 한가위가 돌아오면 생각이 난다. 그렇다고 악몽과 같은 것은 아니다. 처음에는 분노와 무서움으로 온 몸을 떨었지만 이제는 시리고 아플 뿐이다. 그 자리에서 숨진 여인들, 우리 시대의 가장 가엾은 사람들을 잊을 수 없다. 그 영혼은 한가위 달빛을 타고 고향집 부근을 서성거릴 것이다.

추석을 이틀 앞둔 용산역 광장, 열차를 기다리는 행렬은 길고 길었다. 나도 그 줄에 서 있었다. 개찰이 시작되자 귀성객들이 물밀듯이 밀려들어 갔다. 남보다 먼저 자리를 차지하러 구름다리 위로 올라가 밀고 밀렸다. 순식간에 사람과 사람이 뒤엉켜 앞으로 나갈 수도, 뒤로 물러설 수도 없게 되었다. 비명이 비명을 삼켰다. 내려가는 계단에서 발을 헛디딘 사람들이 쓰러졌다. 사람이 사람을 밟았다. 고향열차를 타러가는 구름다리가 저승으로 가는 죽음의 다리가 되다니…. 그렇다고 고향에 빨리 가는 것도 아닌데 오죽 가고 싶었으면….

정말 순식간에 일어난 사건이었다. 나는 죽은 사람을 그때 처음 보았다. 똑바로 쳐다볼 수가 없었다. 시체와 부상자들은 병원으로 옮겨졌고 현장에는 선물 보따리와 가방, 신발들만 어지럽게 널려 있었다. 당시 신문은 4명 사망에 38명이 다쳤으며 '사상자는 거의 여공이나 가정부'라고 보도했다.

여공과 가정부, 지금은 사라진 호칭이다. 하지만 한 시대를 적신 물기어린 직업이었다. 시골서 올라온 우리네 누이들이 가장 쉽게, 가장 많이 들어간 곳이 공장의 단순노무직이요, 부잣집 식모였다. 그들은 거의 기계였다. 단순 작업을 쉴 새 없이 반복했다. 그들의 젊음은 서울이라는 낯선 도회지에서 이렇게 야위어갔다.

그래, 그때 객지생활하는 사람이라면 너나없이 고향 하늘을 보며 눈물시었다. 시골의 젊은이들은 '서울 하늘이 보고싶어' 무작정 상경을 했다. 그만그만한 직장을 얻어 그만그만한 보수를 받았다. 휴일이면 고향친구끼리 서울 구경을 나섰다. 그들은 뿌리가 없이 떠다녔다. 흡사 요즘의 외국인 노동자와 다를 바 없었다. 서울 생활이 낯설고 고달플수록 고향이 그리웠다. 그들 곁에는 아무 것도 없었다. 오직 고향만이 있었다. 밤이면 머리를 고향 쪽으로 돌리고 쪽방에서 새우잠을 자던 누이들, 먹여주고 재워만 주면 어떤 기술이라도 배웠던 지극히 가난했던 사람들.

그들에게 추석은 명절 이상의 것이었다. 고향엔 언제나 자신을 품어줄 어머니가 있었다. 어머니는 눈물이면서도 버팀목이었다. 그래서 고향 가는 길은 아무리 힘들어도 벅차고 설렌다. 가족들의 선물을 마련한 후에야 자신의 옷차림을 내려다보며 '고달픈 서울살이'가 가려질까 싶어 그때야 비로소 큰 맘 먹고 자기 옷 하나를 장만할 수 있었다.

추석은 풍요로운 축제가 아니라 살아있음의 확인이었다. 그래서 고향으로 달려갔고 서로 쓰다듬고 끝내 울음을 터뜨렸다. 객지 설움은 쏟아내고, 고향의 정은 들이마셨다. 고향에서는 구로공단, 청계천, 영등포가 서울에서도 가장 붐비고 번듯한 곳인 줄 알았다.

고향을 찾는 일이 가장 행복했던 그 누이들은 우리 시대의 가장 역동적인 아줌마부대로 바뀌었다. 정 많고 힘세고 일 잘하는 시대의 일꾼이었다. 아무리 힘들어도 야학이나 산업체 학교를 다니면서 기어코 공부를 했던 우리들의 누님과 여동생들.

어머니 젖처럼 고향도 이제 마르고 쪼글쪼글해졌다. 그래도 우리는 고향에 간다. 우리네 누이들은 지금도 어머니 빈 젖을 빨며 울고 싶을 것이다. 그러나 고향 어머니가 세상을 뜨면 누이들은 누구 품에서 울 것인가. 40, 50대로 시대의 비탈에 서 있는 여인들에게 아, 보름달이 떠오른다.

新유목민의 전사들

왜 한국축구는 강할까? 북한은 1966년 8강에, 남한은 2002년에 월드컵 대회 4강에 올랐다. 아시아에서는 어느 나라도 이루지 못한 것을 우리만이, 그것도 반쪽으로 나뉘어 해냈다. 확실히 우리에겐 뭔가 있다. 그게 뭘까. 북한이 이탈리아를 꺾었을 때 세계는 경악했다. 동방에서 달려온 작은 전사들. 그때 북한의 무기는 '스피드와 에너지' 였다. 남한도 똑같이 이탈리아를 꺾었다. 역시 무기는 '속도와 힘' 이다. 36년의 시간차에도 무기는 바뀌지 않았다.

서양인의 눈에 비친 우리 축구의 특징은 빠름이다. 그럼 빠름이란 무엇인가. 그건 단순히 몸놀림이 민첩한 것을 뜻하는 건 아니다. 빠름은 가지고 태어나는 것이지 후에 얻어지는 것이 아니다. 빠름은 선천적이며 전수된다.

유목민족의 삶과 생각을 더듬어보자. 유목민족은 이동이 곧 생명이다.

어떤 때는 하루에 수백리를 질주한다. 그들은 늘 위험에 부딪히고 순간 순간 결단을 내려야 한다. 다른 무리와 때로는 공생하고 때로는 싸워야 한다. 바람이 되어야 한다. 떠남이 일상이다. 멈추면 흔적이 남는다. 흔적은 곧 표적이 된다. 유목민족의 영웅 칭기스칸은 "내 자손들이 비단옷을 입고 벽돌집에 사는 날 내 제국이 망할 것이다"라고 말했다. 그렇다. 빠름은 몸이 아닌 생각에서 나온다.

유목민족으로 칭기스칸 제국을 건설한 몽골군의 강점을 보통 3S로 요약한다. 기동성(Speed), 단순성(Simplicity), 자신감(Self-Assurance)이다. 여기서 단순성이란 어떤 논리나 지식의 선입견이 없이 주어진 상황에서 가장 유연하게 대처하는 일종의 심리적 능력이다. 언뜻 생각이 없는 임기응변 같지만 그렇지 않다. 주어진 환경을 활용하여 나와 부족을 지키는, 위기 앞의 천진난만함이다. 축구도 마찬가지다. 빨라야 하고, 주어진 상황에 유연하게 대처해야 하고, 이길 수 있다는 정신무장을 해야 한다. 우리에게는 유목민 선조에게서 물려받은 기동성이라는 '보이는 능력'과 단순성이라는 '보이지 않는 능력'이 있다. 단지 오랜 농경생활(그 연대는 알 수 없지만)로 그 능력이 돋보이지 않았고 자신감은 아예 땅에 묻혀버렸다. 네덜란드에서 온 거스 히딩크는 그 자신감을 캐내어 전사의 손에 쥐어줬다. 그런 면에서 한국의 전사들을 만난 히딩크도 행운의 사나이다. 그가 일본이나 중국의 축구를 조련했어도 똑같은 결과가 나왔을까. 쉽지 않았을 것이다. 만리장성을 쌓은 중국은 스피드가, 섬나라 일본은 단순성이 부족하다는 게 나의 생각이다.

우리는 다시 신유목민시대를 맞았다. 지식의 칸막이가 철거되고 있다. 경계가 허물어지고 있다. 우리는 질주하고 있다. 『유목민 이야기』(김종래. 자우출판사)를 읽어보자.

우리 모두는 혈통적으로뿐 아니라 문명사적으로도 그들의 후예이다. 디지털 감염자가 시시각각으로 늘어나는 21세기의 거리에서 저 어두운 유라시아 대륙의 유목민들을 떠올리며 그들의 열망, 그들의 속성, 그들의 영혼, 그것이 그 후 오랫동안 유럽과 아메리카 대륙을 돌고 돌아 또다시 거대한 이동을 하는 것을 보라. 그 이동의 힘은 지금의 지구촌 시민들, 곧 벤처사업가들, 네티즌들, 디지털 시민들의 핏속을 관통하면서 오늘의 한국도 휩쓸어가고 있다. 그리하여 그것은 저 거리의 퀵 서비스 사내에게도 흐르고 있고, 골목골목을 누비는 중국집 배달부의 오토바이 위에도 살아있으며, 밤새 사이버 대지 위를 질주하느라 잠을 놓쳐버린 청소년들의 가슴 속에도 요동치고 있다.

그 옛날에는 말과 인간이 달렸다면 이제는 전자(電子)가 달린다. 한국 축구의 빠름은 우리 모두의 경쟁력이다. 나는 이 신유목시대에 질주하는 우리들의 표상이 바로 저 축구전사들이 아닐까 생각한다

울지 말아요, 베트남

몇해전, 성탄절을 앞두고 베트남에 갔다. 호치민(사이공)공항 대합실에 들어서자 여기저기서 우는 소리가 들렸다. 둘러보니 가히 눈물바다였다. 그날은 마침 한국으로 산업연수생들이 떠나는 날이었다. 저들의 눈물 속에는 무엇이 들어있을까? 순간 1960, 70년대 우리네 풍경이 떠올랐다. 그래, 그때 김포공항이 이랬었지···. 순전히 돈을 벌려고 낯선 나라로, 잘 사는 나라로 주먹쥐고 눈물을 뿌리며 떠나갔다. 김포공항은 눈물이 마를 새가 없었다. 후진국일수록 공항은 눈물에 젖는다. 가난했던 그때 우리처럼, 베트남 사람들도 조국을 떠나고 있었다.

한국은 1964년부터 1973년까지 8년 5개월 동안 32만여 명이 베트남전쟁에 참여했다. 파월장병! 당시 나라 안의 관심과 화제, 이야깃거리의 더듬이는 모두 월남을 향해 열려 있었다. 파월장병의 노래가 메아리쳤고 맹호, 청룡, 백마부대 용사들이 줄이어 정글 속으로 들어갔다. 당시 우리 생각 속의 베트남은 미개한 땅이었고 월맹군은 총알 한 방에 서너명이 죽어넘어지는 보잘 것 없는 존재였다. 전황은 날마다 중계되었고 그때마다 용맹스런 우리 국군은 이겼다. 월남치마가 유행했고, '월남에서 돌아온 김상사'가 흘러 다녔다. 학교 교련시간에도 월맹이라는 나라는 철저하게 뭉개졌다. 베트콩의 해골을 줄줄이 엮어 목에 걸고 다녔다는 무용담과 꽁까이(월남 처녀)를 자빠뜨리는 음담으로 채워졌다. 교관은 거품을 물었고 학생들은 침을 삼켰다.

그런데 믿기지 않는 일이 벌어졌다. 우리가 철석같이 믿었던 미국이, 그토록 늠름했던 미국이 작고 보잘 것 없는 베트남에서 도망쳐 나왔다. 그러자 '싸우면 이겼던' 용감한 국군도 라이따이한과 태권도를 남겨둔 채 떠나와야 했다. 그러나 당시에는 몰랐다. 그토록 싸움 잘하던 우리 용사가 5천명이 넘게 전사하고 1만 6천여 명이나 부상한 사실을.

그 후 거의 30년이 흘렀다. 이 땅의 젊은이들이 머나 먼 이국에서 흘린 피, 그 피가 6·25 전쟁으로 폐허가 된 이 땅에 피를 돌게 만들었다. 한국은 고도성장을 거듭했다. 한국민은 더플백 대신 가방을, 총 아닌 돈을 들고 다시 베트남에 상륙하고 있다. 대신 베트남 사람들은 기술을 배우러, 돈을 빌러 한국에 들어오고 있다.

베트남 사람들은 한국을 어떻게 새기고 있을까? 전사한 전우의 이름을 필명으로 쓰고 있는, 시인이며 영화감독인 반레는 "베트남은 피치 못할 전쟁에 목숨을 걸지만 그것이 끝나면 용서와 더불어 화해의 길을 열어왔다"고 한다. 확실히 베트남은 가해국인 미국과 한국에 사죄나 사과를 강요하지 않았다. 베트남 작가 반레는 당당히 말한다.

당대 최강국에 맞서서 베트남이 쟁취한 승리는 아직도 세계 인류사의 경이로운 역사로 기록되고 있다. 중국 왕조에 동화되지 않은 유일한 민족, 몽골을 물리친 유일한 민족, 프랑스 같은 제국주의 국가를 자력으로 몰아낸 유일한 민족, 미국과의 싸움에서 승리한 유일한 민족…. 우리 민족에 싸움을 걸어왔던 중국, 몽골, 프랑스, 일본, 미국은 우리보다 압도적인 힘을 가지고 있었다. 하지만 '신뢰의 강한 힘'을 가지고 있는 민족은 '강한 힘을 신뢰'하는 상대방의 마음을 완전히 소멸시킬 수 있는 법이다.

어떤 침략에도 그들은 마침내, 기어이 이겼다. 천년 동안 중국의 지배를 받았지만 베트남 사람들은 그 천년을 독립을 준비하는 시기로 생각했다. 천년은 굴욕이 아니라 거듭남의 세월이었다. 천년을 기다리는 민족, 후손과 미래를 믿는 민족, 그래서 침략자를 꼭 물리치는 민족. 그들이 지금 한국민에게 악수를 청하고 있다.

한국민의 베트남에 대한 인식은 어떤가. 한국내 베트남 노동자들이 배우는 한국말 교본 제1과에는 "때리지 마세요" "욕하지 마세요" "월급은 언제 주실 거예요?"가 나온다. 그들이 이 땅에서 살기 위해서는 꼭 필요한 말들이다. 또 베트남에 진출한 외국업체 중 유독 한국기업에서 노사분규가 가장 많이 발생하고 있다. 아직도 우리는 베트남을 30년 전 흑백사진 첩 속에 가두고 있는지도 모른다.

할리우드 영화는 여전히 베트남을 향해 총질을 하고 있다. 람보가 쏘는 총 한방에 서너명씩 쓰러지고 있다. 우리도 그 속에 머무르고 있는 게 아 닌지. 또다른 미국이 되어가는건 아닌지. 어림잡아 1만 2천 명의 불법체 류 베트남 노동자가 이 땅에 꽁꽁 숨어 겨울을 나고 있다. 베트남전 때 우리 젊은 병사들이 조국에 '달러'를 바치러 밀림에서 숨죽이고 매복했 듯이.

우리 아파트단지를 둘러싸고 있는 철망에 걸린 결혼정보회사의 선전입니다.

큼지막하게 쓰여있는 전화번호는 지웠습니다.

베트남인들이 한국과 한국인들에게 호감을 가지고 있는 건 사실입니다.

우리나라 영화와 드라마에 웃고 울고, 그 속의 주인공들을 우리보다 더 좋아한답니다.

그런데 우리는 베트남을 어떤 눈으로 바라봅니까?

철망에 걸려있는 문구가 아팠습니다.

제가 베트남에 간다니까 동양사학을 전공한 후배가 이런 말을 했지요.

"베트남 처녀를 보면 그 옛날 우리 누이들을 생각하십시오."

정말 베트남 처녀들은 70년대 우리 누이들이 그랬듯이

돈벌이를 위해 이국땅으로 숨어들고 있습니다.

그때 김포공항이 그랬듯이 호치민공항은 늘 눈물에 젖어 있습니다.

베트남인들은 우리를 향해 맑게 웃고 있는데,

우리는 그들을 보며 비릿한 웃음을 흘리고 있는 것은 아닐까요?

지금 우리는 방패연

설이 오면 우리는 일제히 떡국을 먹고 일제히 한살씩 더 먹는다. 고향은 객지로 떠나간 자식들을 기다리며 한껏 부풀어 오른다. 하지만 자식들이 다시 떠나가면 고향도 한살 더 먹고 그만큼 늙어간다. 설이 양력에 밀려 구박을 받다가 '민속의 날'로 부활한 것은 1985년의 일이었다. 그리고 1989년 설날로 완전 복권되었다. 그러나 정작 설날은 본래의 얼굴과 모습이 아니다. 많은 것들이 빠져나갔거나 일그러졌다. 요즘에는 명절이래야 아이들은 컴퓨터 속으로 들어가고 어른들은 화투에 빠져든다. 세시풍속은 박제되어 먼지를 뒤집어쓰고 있다. 아이들은 전자게임에 열중하고 어른들은 '고스톱'에 침을 튀긴다. 그러나 우리 명절에는 철따라 격과 기품이 있었다. 놀이마다 깊은 뜻이 있었고 정이 흘렀다. 특히 새 해가 떠오르면 세상에 존재하는 모든 것들이 설빔으로 갈아입었다.

마을 구석구석, 집집을 돌며 세배를 다녔다. 어른들께는 그 누구에게나

넙죽 큰절을 올렸다. 그 시절 집집마다 배어나던 특유의 냄새들이 아직도 생생하다. 어떤 집에서는 기름냄새가, 어떤 집에서는 담배냄새가, 어느 집에서는 생솔가지 타는 냄새가 났다. 어떤 할아버지는 몸이 아프다고 세배를 받지 않았다. 그러면 어린 마음에도 걱정이 됐다. 집집마다 곶감, 부침개, 약과, 과일, 쌀과자 등을 내놨다. 하루 종일 배가 불렀다. 옛 고향의 설 명절은 정월 초하루부터 정월 대보름까지 이어졌다. 보름 동안은 새해맞이와 풍년을 기약하는 놀이들이 쉴 새 없이 펼쳐졌다. 그 많던 놀이들. 팽이치기, 썰매타기, 자치기, 제기차기, 말타기, 숨바꼭질, 널뛰기, 돌싸움, 다리밟기, 고싸움, 윷놀이….

그중 연날리기는 새해의 액막이 놀이였다. 보름날 연에 '송액(送厄)' 또는 '송액영복' 이라는 글자를 써서 연실을 끊어 날려 보냈다. 질병, 사고, 흉작 등의 나쁜 액운은 멀리 사라지라고 하늘에 빌었던 것이다. 지금도 어릴 때 연날리기를 떠올리면 가슴이 두근거린다. 그 언덕, 그 얼굴, 그 순간들이 떠오른다. 바람의 강도가 실에 그대로 전해져 왔다. 형형색색의 가오리연, 방패연. 하늘로 오르는 연을 따라서 마을도 떠올랐다. 마을의 밥 짓는 연기도, 개 짖는 소리도 함께 올랐다. 하늘에는 꿈들이 두둥실 떠다녔다. 또다른 세상이 펼쳐졌다.

연을 날리면 연싸움은 피할 수 없다. 연이 재주를 부리면 연실이 얽히고 설켜 어쩔 수 없이 싸워야 한다. 또 누군가 연싸움을 걸어오면 뒤로 물러나지 않았다. 겁쟁이란 말은 얼마나 듣기 싫었는가. 연싸움의 명수들은 대개 사금파리를 으깨 연실에 발랐다. 연과 연실과 조종 기술, 이 세 가지를 두루 갖춘 싸움꾼들이 겨울 하늘을 지배했다. 그들에게 걸리면 단번에 연실이 끊어졌다. 연실이 끊겨 연이 하늘 저 멀리로 아득히 사라져 가면 형용하기 어려운 분함과 설움이 저 깊은 곳에서 북받쳤다. 연이 떠나간 얼레는 얼마나 초라했는지…. 그날 밤에는 꿈에 연이 보였다. 세상일도 마찬가지가 아닌가. 사는 게 따지고보면 싸움의 연속 아닌가. 우리가 연을 날렸지만 기실 우리도 바람에 날렸다. 해마다 떡국을 먹으며 누군가로부터 멀어져왔다.

고향은 어디쯤이죠, 돌아보면 더 멀리 있네요
내 이름이 생각 안나요
돋는 건 소름, 소름뿐이에요.

(저 들녘 끝에서 나를 날리는 저 사람은 누굴까)

아버지, 시린 세상 끝에 계시다가 세상을 버리신 아버지
그래요 허공살이, 당신 눈물로도 뿌리내릴 수 없지요
가슴을 뚫었어요.
이제 산 두개를 넘어왔어요.

졸시 「연 2」

우리도 결국 허공에 떠있다. 처음엔 꼬리를 나불거리는 가오리연이었다. 하지만 자꾸 꼬리가 잘렸다. 시린 바람을 견디지 못하고 결국 가슴에 구멍을 뚫어야 했다. 그래서 지금은 방패연이 되었다. 유년의 기억이 가물거릴 정도로 우리는 멀리 떠나왔다. 하늘에 떠있으면 땅만을 굽어보게 되는 것일까? 머리 위로 무수히 떠있는 별을 보지 못한다. 너무 멀리 떠나왔다. 설 아침, 언덕에 올라 하늘을 보자. 저 멀리, 이제 보이지는 않지만, 인연을 끊지 못하고, 저 언 땅에서 얼레를 잡고 아직도 나를 날리는 사람은 누굴까?

2월, 보이지 않는 힘

입춘을 지나 우수(雨水)에 이르면 바람결이 다르다. 찔려도 그리 아프지 않다. 햇살, 그 작은 조각들이 힘을 모아 세상을 바꾼다. 강물은 쉼없는 발길질로 얼음장을 부순다.

봄 쪽으로 발뻗고 있지만 밤은 여전히 춥다. 아직 겨울이 떠나지 못했기 때문이다. 이때는 계절이 서로의 몸을 섞는다. 은밀하고 정교하게 서로를 받아들인다. 가장 화해로운 임무교대이다. 그러다 어느날 문득 봄꽃을 피운다. 계절은 눈으로 보는 것이 아니라 몸으로 느끼는 것이다. 그래서 선인들은 입춘, 입하, 입추, 입동을 만들어 계절을 마음으로 먼저 맞이하고 마음으로 떠나보낸 것이 아닐까.

입춘과 우수, 보냄과 맞이함이 있는 2월, 우리나라에서는 끝을 정리하고 시작을 준비하는 시기이다. 배움도 한 매듭을 짓는다. 학기가 끝나고 모든 학교가 졸업식을 거행한다. 재학생들의 송별노래, 특히 "우리는 언니

뒤를 따르렵니다"라는 구절은 지금 들어도 절절하다. 실로 2월의 노래였다. 그렇게 무서웠던 선생님, 그 선생님이 눈물을 보였을 때 얼마나 죄스러웠는지…. 우리들은 학창시절의 친구들과 모두 2월에 헤어졌다. 앨범 하나씩 들고 봄눈이 녹아 질척거리는 운동장을 빠져나와 교문에서 되돌아본 학교는 왜 그리 슬퍼 보였는지….

2월은 하루로 치자면 새벽녘이다. 막 일어나 이불을 개고 있는 시간이다. 이맘때쯤이면 산하가 잠에서 깨어나고 바람은 생명의 눈(眼)을 부지런히 실어 나른다. 마을도 도시도 학교도 일터도 서서히 일어선다.

2월에는 모든 것들이 호흡을 가다듬는다. 처음으로 세상에 내던져진 사회 초년병도, 한 학년이 높아진 학생들도, 논두렁 밭두렁을 거닐며 농사 구상을 하는 농부들도 마음을 벼렸다. 『열양세시기(洌陽歲時記)』는 입춘을 맞아 풍년을 비는 농부의 설렘과 간절함을 이렇게 표현하고 있다.

옛날부터 농가에서는 입춘날 보리 뿌리를 캐보고 그 해에 풍년이 들것인가 흉년이 들 것인가를 점쳤다. 뿌리가 세 개 이상이면 풍년이요, 두 가닥이면 평년작이요, 또 한 가닥이면 흉년이 들 징조라고 한다.

2월은 예측의 시간이다. 그 속에는 막연한 불안감과 기대가 섞여 있다. 그래서 괜히 서성거린다. 허둥거리며 이것저것을 챙기다보면 금방 지나가버린다. 허망하다. 볼품도 없어 2월은 계절의 자투리가 아닌가 하는 생각도 든다. 길이란 길은 눈 녹아 질척거리고, 썰매를 지쳤던 저수지는 얼음이 녹아 축 처져 있다. 철새들이 그토록 떠들던 자리는 깃털만 나뒹굴 뿐 졸고 있는 듯 조용하다. 산 위에 희끗희끗 남아있는 잔설은 차라리 애처롭다. 나무 위에 핀 눈꽃마저 스러진다. 땅은 질퍽거리고, 툭하면 진눈깨비가 내리고, 얼어붙은 것들이 제멋대로 풀어져 흐느적거린다. 그래서 그 숱한 시인, 묵객들도 2월을 읊지 않고 그리지 않았다. 2월은 너무 은근하고 은밀하여 잘 보이지 않기 때문이다. 2월의 언덕에 서있으면 무엇 때문이라고 딱 꼬집을 수 없는 허전함이 밀려온다. 허기짐이 있다. 2월이 열두 달 중에서 가장 짧은 것도 안쓰럽다.

하지만 2월에는 출발 총성을 기다리는 숨가쁨이 고여 있다. 먹잇감을 노려보는 송골매의 날카로운 눈빛이 숨어 있다. 활시위를 당기는 긴장감이 서려 있다. 새세상이 열리리라는 설렘이 담겨 있다. 아지랑이와 같은 봄멀미, 그 울렁거림이 있다. 찬란한 아침이 열리기 직전의 여명이 배어 있다.

겨우내 걸러낸 나무의 꿈이 나이테를 돌아 나와 가지 끝에서 숨죽이고 있다. 갇혔던 세상의 온갖 풍문도 서서히 일어나 마을로 내려설 채비를 한다. 솔숲도 저희끼리 몸을 비벼 바람을 일군다. 땅에서는 맑은 기운이 솟아난다.

보이지는 않지만 엄청난 힘이 다가오고 있다. 온갖 생명붙이를 품은 대지가 일어나 하늘을 보고 있다. 아, 직전의 고요, 직전의 숨막힘, 직전의 설렘, 직전의 부릅뜸… 그래서일까? 2월의 바람에서는 비린내가 난다. 해마다 2월은 온다. 돌아오는 2월에는 언덕에 올라 시작과 끝을 생각해 봐야겠다. 보낼 것을 다 보내고 다시 누군가를 무엇인가를 기다리는 사람들, 그들과 함께 숨죽이고 싶다. 차지만 맑은 기운. 보이지 않지만 무엇인가 있다, 2월엔. .

나무들이 겨울 끝에 모여 있습니다.

벌거벗은 모습이 쓸쓸해 보이지요.

하지만 2월의 숲에서는 혁명 전야 같은 긴장감이 있습니다.

바람결이 예사롭지 않습니다.

은밀합니다.

보이지는 않지만 뭔가 서려 있습니다.

2월의 숲에 들어서면 나무들이 묻습니다.

키 작은 당신, 우리 중 누구의 꿈속으로 들어가시겠습니까?

교회여, 내려오라

새천년을 밝혔던 그 요란한 불빛들은 다 어디로 갔는가. 또 희망의 숱한 다짐들은 어디로 갔는가. 우리는 다시 연말에 모여 있다. 그런데 스산한 바람은 어디서 불어올까. 정말이지 이 가슴 시린 연말에 성탄절마저 없었다면 얼마나 황량했을까. 가장 낮은 곳으로 내려와 사람들의 죄를 씻기신 예수, 그 사랑이 탄일(誕日) 종소리로 내린다. 그래서 성탄절을 밝히는 불빛은 뜯어 볼수록 남루한 우리의 연말을 씻기고 있다. 가난한 집에도, 외딴 마을에도, 폐광촌에도, 그리고 세상의 모든 고독과 상처 속에도 축복과 사랑이 스며든다. 얼마나 평화로운가, 얼마나 은혜로운가. 한 해를 보내는 사람들의 꿈속을 은은히 비추는 저 성탄절의 불빛이 있기에 우리 연말은 따스하다. 가히 신화가 풀어져 동화로 내리는 거룩한 밤, 그래서 이날 세상의 모든 빛은 축복이다.

보라, 한국 교회의 위용을. 웅장한 하느님의 성전과 그 속에서 쏟아지는 눈부신 불빛을. 그런데, 그런데 말이다, 예수께서는 거대한 성전에서 쏟아져 내리는 저 휘황한 불빛 속에 먼저 임하실까. 저 우렁찬 찬양과 기름진 제단의 의식을 맨 먼저 기쁘게 받으실까. 아마 그렇진 않을 것이다. 그분은 자신을 낮춰 높이 되고, 섬김으로 섬김을 받은 분이다. 드릴 게 없어 초 한 자루 켜놓더라도 진실로 예수탄생을 기뻐하며 영광을 돌리는, 그 가난한 마음 마음에 예수께선 먼저 임하실 것이다.

지금 한국 교회는 너무 살이 쪘다. 작금에 불거진 불미스런 일들, 이는 한국 교회의 성인병이다. 큰 교회 목사가 세습을 획책하고, 사이비 목사가 종말론을 팔아먹고, 교회가 공금을 횡령하고, 신도 머릿수를 세어 교회를 사고팔고, 갖은 핑계로 헌금만을 강요한다. 그리고 곳곳에서 신도들을 협박하여 면죄부를 파는 행위가 벌어지고 있다. 어제도 거액의 세금을 포탈한 목사가 구속됐다. 왜 이런 행위가 반복되는가. 지금 한국 교회는 엎드려 간구하기엔 배가 너무 나왔다. 맑은 새벽기도를 드리기엔 물신(物神)의 유혹이 너무 달콤하고 탐욕이 아른거린다. 이러한 한국 교회의 병폐를 유경재 서울 안동교회 목사는 정확히 꿰뚫고 있다. 꾸짖음 또한 통렬하다.

오늘 우리의 신앙이 이리저리 흔들리고 가볍게 떠도는 것은 우리가 아직도 이 땅의 사고방식으로 복음을 받아들이기 때문입니다. 경제성장 논리를 따라 교회성장을 서둘렀기 때문에 오늘의 문제가 되는 것입니다. 정치논리를 따라 교회정치를 하기 때문에 총회장 선거에 돈을 쓰지 않을 수 없는 것입니다. 기업의 논리를 따라 교회를 운영하기 때문에 세습을 하게 되는 것입니다. 평신도들이 이 땅의 욕심을 그대로 가지고 복을 받겠다고 덤벼들기 때문에 하늘을 빙자한 엉터리 목사들의 속임수에 넘어가는 것입니다.

민주화운동으로 숱한 사람이 죽거나 다쳤을 때 교회는 어디에 있었는가. 그 많은 헌금 중에 궁핍한 이웃과 상처받은 영혼을 보듬는 데 교회는 과연 얼마를 썼는가. 목사직이 어쩌다 고소득이 보장된 특수직업에 포함되었는가. 교회가 언제부터 가진 자의 복을 빌어주는 기득권층의 공간이 되었단 말인가.

물질이 풍족하면 아래를 굽어 살피지 못한다. 부자가 어찌 가난한 사람을 섬기겠는가. 한국 교회는 예수가 왜 가난하고 겸손하게 세상에 내려오셨는가를 깨쳐야 한다. 섬기지 않으면 섬김을 받을 수 없다. 교회가 낮은 곳으로 내려가지 않으면 저 으리으리한 하느님의 집은 믿음이 빠져나가 텅 비게 될 것이다. 믿음이 빠져나간 저 유럽의 우람한 교회를 보라. 신도는 없이 관광객만 찾아오는 '유령의 집'을 보라. 한국의 거대한 교회들도 그 믿음이 변질되면 뉴욕 시내의 어느 교회가 그랬던 것처럼 거대한 디스코텍으로 변해버릴지 모른다. 이 얼마나 무서운 일인가.

한국 교회가 곁눈질을 하게 된 것엔 믿는 자에게도 책임이 있다. 신도들도 목사의 말에 무조건 아멘을 외치지 말아야 한다. 목사의 기도와 설교

가 '말씀'으로 다가올 때, 울림으로 다가올 때만 아멘을 외쳐야 한다. 무

조건의 기복신앙이 결국 이 땅의 교회가 물질을 좇는 빌미를 제공했다.

교회가 크고 그 불빛이 너무 강렬하면 반대편의 어둠 또한 길고 깊다. 사

랑은 결코 강렬하지 않다. 이웃을 보듬고, 상처 난 영혼을 어루만지는 성

탄절. 부디 낮은 곳으로 내려오라 한국 교회여, 예수가 그랬듯이.

■ 2000년 세밑에 썼다. 새천년에 들어섰는데도 한국 교회는 여전히 살이 올라 뒤뚱거리고 있다. 흡사 배가 나와 엎드려 기도하기에 불편한 것처럼 보였다. 가난한 마음에 예수가 임하신다는 것을 나는 믿는다.

화장(化粧)

붐비지 않는 지하철, 거의가 앉아있고 몇이서만 서있는 지하철 안은 쾌
적하다. 책이나 신문을 읽기에는 더없이 좋다. 그러다 졸음이 스멀스멀
밀려오면 객차의 덜컹거림까지 감미롭다. 한데 이런 아늑함을 깨뜨리는
것이 있다. 잡상인의 번지르르한 외침, 걸인들의 처량한 노랫소리와 여
인들의 독한 화장냄새가 바로 그것이다. 특히 진한 화장냄새는 소리없이
침투하여 속을 뒤집는다.

여인의 화사한 표정은 주변을 환하게 밝히고, 은은하게 풍기는 화장냄새
는 출근길까지 향기롭게 만든다. 하지만 요즘 화장냄새는 왜 그리 강한
지 모르겠다. 젊은이들의 도발적인 이미지를 닮아서인가. 유혹의 은근함
이 아니라 배척의 고함 같다. 요즘 지하철에서 화장하는 여인들이 종종
눈에 띈다.

여성의 화장이란 또 다른 자신을 가꾸는 것이다. 그것은 남모르게, 은밀

하게 이루어진 이미지일 수 있으며 그래서 더 신비로울 수 있다. 유쾌한 이미지 조작이다. 사시사철 화장을 하는 여인들은 결국 그 이미지를 앞세우고 살아간다. 그래서 조작은 변신이다. 늘 화장하는 여인이 맨 얼굴을 보이는 것은 상대를 얕잡아 보거나 유혹할 의사가 전혀 없음을 뜻한다. 한데 남들이 보는 앞에서 본얼굴을 지우고 새 표정으로 바꾸는 여자들을 어떻게 받아들여야 할까.

출근길 지하철에서 이런 일이 있었다. 학생인지 회사원인지 구분이 잘 안가는 아가씨가 옆자리에 앉아서 천연덕스럽게 화장을 했다. 화장하는 시간은 길고도 길었다. 다른 건 참겠지만 그 냄새만큼은 도저히 견디기 힘들었다. 화장품을 꺼낼 때마다 이런저런 냄새들이 날아들었다. 나는 "이봐요, 젊은이… 화장품 냄새가 나지 않는가?"라고 핀잔을 주었다. 그 순간 젊은 여자는 동작을 멈추고 나를 빤히 쳐다봤다. 비웃음 한 조각을 베어 물고… 참으로 한심하다는 듯…. 난 더 이상 한마디도 못하고 들고 있던 신문 위로 시선을 떨궈야 했다. 등골이 서늘해졌다. 그러자 그녀도 계속해서 얼굴을 토닥거렸다. 냄새는 계속 사방으로 날아가고….
보들레르는 「화장에 대한 찬사」를 이렇게 늘어놓았다.

빨간색과 검정색은 삶, 즉 초자연적이고 의미심장한 삶을 표현한다. 눈썹의 검은 윤곽은 눈길을 더 심오하고 더 특이하게 만들고, 눈에는 무한을 향해 열려 있

20세기 섹스 심벌,

마릴린 먼로의 요염한 포즈입니다.

눈은 풀어졌는데 입술은 갈망합니다.

왠지 머리가 비어있을 것 같은 백치미.

먼로는 자신을 철저하게 연출했습니다.

먼로의 얼굴에 창부의 신비스런 열정을 덧칠한 것은 물론 화장이지요.

화장은 의미심장한 조작이랍니다.

그래서 여자는 늘 새롭게 태어납니다.

는 창문의 보다 뚜렷한 외관을 부여한다. 반면에 **빨간색**은 광대뼈를 붉게 물들이고, 아울러 눈동자의 빛남도 증대시키고, 여성의 아름다운 얼굴에 창부의 신비스러운 열정을 덧붙여 놓는다.

맞다. 화장은 조작의 기술이다. 여성들은 화장으로 새 얼굴을 부여받는다. 그래서 뛰어난 화장술을 지닌 여성들은 자신의 장점은 더욱 부각시키고 약점은 지워버린다. 그것은 직업, 연령, 장소와 시간에 따라 적합한 다른 얼굴을 지니게 만든다.

화장, 그 의미심장한 조작으로 변신하는 여인은 분명 현명하다. 그 조작된 이미지는 많은 사람에게 유혹하고픈 충동을 일게 하고 그 유혹은 서로에게 유쾌하다. 자신의 본얼굴을 지웠으면서도 화장이 통속적인 은폐에 그치는 여인들, 그들의 둔감이 안타깝다. 이 지구상에서 색조 화장품을 가장 많이 소비한다는 우리나라의 여인들, 화려한 화장술이 자칫 표정까지 지워버리지 않기를 바란다. 화장은 결국 외모만을 가꾸는 것이 아니라 내면까지 단장하는 것이다.

이 땅의 여인들이 주변을 환히 밝히는 멋진 유혹자가 되었으면 한다. 여자의 아름다움은 남몰래 태어난다. 그래서 여인들은 자신을 가장 솔직하게 비추는 거울을 지녀야 한다. 여인이 거울을 보면 세상이 숨을 죽인다. 화장 속에는 새로운 자신을 찾는 신비로움이 있다. 화장으로 자신만의 멋을 찾아내는 여인들이 있어 세상은 여전히 눈부시다.

세계화, 그 야만의 얼굴

나는 TV 프로그램 중에서 다큐멘터리를 즐겨 본다. 특히 자연과 인간이 교감(交感)하며 오순도순 살아가는 모습을 보면 당장 그 속으로 뛰어 들어가 그들과 함께 살고 싶은 충동이 일 정도이다. 자연은 꾸미지 않아서 더욱 예쁘고 신비롭다. 그 품에 안겨 욕심없이 살아가는 인간의 모습은 너무나 평화롭다. 하지만 머지않아 인간들이 몰려가 저 조화로운 세계를 파괴하면 어쩌나 하는 생각에 늘 조바심이 생겨난다. 이 프로그램을 보고 누군가 그 곳으로 달려가고 있지는 않을까 지레 걱정이 앞선다. 그 순결한 땅과 나무, 동물 그리고 사람이 언젠가는 짓밟힐 것이라는 생각에 가슴이 먹먹해질 때가 많다. 나만 그런 건 아닐 것이다.

둘러보면 우리 곁에 있던 많은 것들이 사라져갔다. 우리가 익히 알고 있는 것도 있지만 이름도 모르는 날것과 벌레와 들풀들도 우리가 모르는 사이에 절멸했으리라. 누가 이들을 지구에서 사라지게 했는가. 그것은 인간의 끝없는 개발욕심과 인간만이 잘 살려는 이기심이 저지른 만행이다. 이렇듯 욕심과 이기심을 집대성한 것이 요즘 정치구호로 나부끼는 이른바 '세계화'이다. 이 세계화 물결이 지구 곳곳을 훑으며 무엇이나 수몰시키고 있다. 우화(寓話)를 하나 만들어보자.

저 히말라야산맥의 깊은 골짜기에서 그들만의 말(言)을 지니고 자연의 일부로 살아가던 부족이 있었다. 어느 날 '세계화' 깃발을 들고 오염된 인간들이 찾아와 이들의 마음에 욕심과 이기(利己)를 심고 갔다. 그러자 원주민들은 자신들의 단순한 삶을 돌아보며 자신들의 모습을 남루하게 여기고, 자신들의 무지를 부끄러워했다. 그것은 뱀의 유혹에 선악과를 따먹은 아담과 이브에 다름이 아니었다. 지식에의 오염은 자연과 영혼의 파괴로 이어졌다. 차츰 자신들의 말을 잊어버리고 고유의 의식과 관습도 별것 아닌 것처럼 여기게 되었다. 마침내 하나 둘 대대로 지켜온 삶의 터를 떠나갔다. 그러나 문명세계로 나가 문명을 좇았지만 끝내는 문명에 갇히고 문명에 쫓기는 신세가 되고 말았다. 그들은 문명에 완전히 동화되지 못하고 그 사회 주변을 떠돌 뿐이었다. 세계화의 사생아로 전락하고 만 것이다. 그들은 뒤늦게 그들이 돌아갈 고향을 그리워하지만 고향은 이미 파괴되어버렸다. 세월이 흘러 이 부족의 흔적은 지구상에서 영원히 지워졌다. 아무도 이들의 마지막 눈물을 기억하지 않았다. 심지어 그들의 후손까지도.

지금 이 순간에도 많은 것들이 지구를 떠나고 있다. 환경보호단체들은 1980년대 이후 해마다 2만 6천여 종의 생명붙이가 절멸한다고 추산하고 있다. 날마다 74종이, 시간마다 3종이 우리 곁을 영원히 떠난다고 한다. 이렇듯 생명붙이만 세상을 뜨는 것이 아니다. 풍습, 예절, 품앗이, 관습, 명절 같은 우리들의 문화적, 정신적 유산들도 함께 사라져간다.

그렇다면 세계화의 정체는 무엇인가. 기실 모든 무역장벽을 없애고 인류가 하나되어 평화로운 공존을 모색하자는 취지를 내세운다. 그러나 이것은 허구이다. 세계화는 '자본주의의 지구화시대'의 또다른 얼굴에 다름 아니다. 세계화는 모든 것들을 줄 세워 우열을 가린다. 상품화되지 못하는 것, 열등한 것들은 살아남지 못한다. 고유의 것, 우리만의 것, 선조의 얼이 깃든 것, 대대로 내려오는 것들은 이제 아무 의미가 없다. 세계인이 좋아하고 그들 구미에 맞는 것들만 살아남을 수 있다. 무역에 있어서 국경은 이미 사라졌고 세계는 예전보다 더 심하게 정글의 법칙이 지배한다. 종교, 인종, 집단 간의 차별이나 편견을 해소하여 진정한 세계주의를 완성하자는 것은 이상에 불과하다. 민족우월주의와 집단이기는 여전히 기승을 부리고 있다. 모든 장벽이 사라졌기에 경쟁은 더욱 치열해졌다. 이미 시간과 공간적 거리 개념이 소멸되고 민족 고유의 가치 개념도 희박해졌다. 오로지 먹느냐 먹히느냐의 싸움이 벌어지고 있다. 이 무한경쟁은 자연파괴를 불러오고, 자연파괴는 인성을 황폐화시키고, 인성의 피폐는 우리 사회를 사막으로 만들고 있다. 세계화는 상품 외에는 모든 것을 삼켜버린다.

세계화가 지나간 자리에는 주검이 즐비하다. 그래서 선진국들의 정상회담이 열리면 NGO들이 그 어디라도 달려가 "세계화의 가면을 벗으라"고 외치는 것이다. 이 땅에서 노예로 전락한 외국인 노동자들도 어쩌면 세계화의 난민들인지 모른다.

장구한 세월 우리 삶 속에 들어와 있던 생명붙이들이 우리 곁을 떠나고 있다. 그 주검들 위로 계절이 오고 계절이 간다. 그 계절도 언젠가는 인간을 떠나겠지.

행복했다, 붉은 6월은

우리는 모여 서로를 묶었다. "대~한민국"을 외쳤다. 그래, 저토록 목메게 부르는데 그동안 조국 대한민국은 어디에 있었는가. 우리가 울먹이며 찾는 것은 진정 무엇인가. 볼수록 정겨운 그대들은 누구인가. 무엇에 굶주렸는가.

그런 열기를 누구는 광기(狂氣)와 집단 히스테리라 했고, 누구는 갈증이 의식화되지 않은 채 터져나온 것이라고 했다. 어떤 사람은 억눌렸던 욕망이 분출되었다고 했고, 또 다른 사람은 잠재된 샤머니즘이 주술의식으로 폭발했다고 했다. 광기일 수도, 갈증일 수도, 주술일 수도 있다. 그러나 그 속에서 살기(殺氣)는 찾아볼 수 없었다. 광란 속의 고요, 고함 속의 정적. 나는 이 얌전함이, 순함이 길들여진 것 같아 슬프다. 한때 우리들 머리카락 길이와 감정까지 국가가 관리한 적이 있었기 때문이다.

나는 그 엄청난 열기 속에서 외로움을 발견했다. 고독은 떼를 지어 떠다녔다. 정에 굶주려 '우리'가 되려는 문명사회의 고독을 보았다. 그래서 환희에 슬픔이 배어있음을 보았다. 저들의 포효는 서로의 존재를 확인함이다. 울부짖음이 곧 살아있음이다. 격동의 현대사 속에서 한국인으로 살아간다는 것이 얼마나 힘들고 비루했는가. 나 아닌 우리가 되어 안도했다. 또 다른 내가 있음이 반가웠다.

우리 민족에게 정(情)이란 무엇인가. 그것은 고귀한 가치이다. 이진우는 저서 『한국 인문학의 서양 콤플렉스』에서 정을 한국인의 정체성을 구성하는 핵심요소로 간파했다. 다른 나라 말로는 번역 자체가 불가능할 정도로 한국인 특유의 것이다. 사실 한국인은 정이라는 끈으로 묶여 있다. '미운 정'을 지닌 민족이 우리 말고 또 있을까.

한국인에게 지난 100년은 정 떨어지는 세월이었다. 1년이 지나야 변변한 축제 하나 없고, 국부(國父)로 섬길 만한 지도자도 없고, 가슴에 품고 다닐 만한 영웅도 없다. 왕조가 무너지고, 나라를 뺏기고, 전쟁이 터지고, 민족이 갈리고, 독재가 채찍을 휘두르고…. 정은 샘솟는데 정 줄 곳이 없었던 한국인들.

비에 젖은 채 담배를 돌려 피워가며 대한민국을 외치는 여고생을 보았다. 어린 아들과 땅바닥에 주저앉아 컵라면을 들고 있는 젊은 가장을 보았다. 젊은이들 틈에서 눈물이 보일까봐 하늘을 쳐다보고 있는 배 나온 아줌마를 보았다. 그렇다. 지금 대한민국은 목마르다. 혼자 있으면 너무 외롭다. 그래서 우리 모두 만원짜리 붉은 옷을 입고 악마가 되었다.

마침내 '붉은 전설'이 완성됐다. 붉은 함성이 떨어진 곳마다 이야기꽃이 피어난다. 이제 우리는 이 붉은 6월을 빠져나와야 한다. 헤어져야 한다. 언제 어디서 다시 만날지 모른다. 살아있는 동안 그 무명씨들과는 재회하지 못할 수도 있다. 부디 가진 자는 없는 자에게로, 높은 사람은 낮은 사람에게로, 강한 사람은 약한 사람에게로 정이 흘러 넘쳤으면 한다. 지금 대한민국은 눈물이다. 모여 있어 행복했다, 6월은.

■ 월드컵 폐막을 앞두고 쓴 글이다. 월드컵 축제 속의 우리들이 누구인지를 알고 싶었다. 무엇이 우리를 목메이게 하는지 알고 싶었다. 담배를 빨면서 "대~한민국"을 외치는 여고생들은 우리 시대의 누구였는가. 문득 누군가를 껴안고 체온을 나눠주고 싶었다.

울었습니다.

모여서 껴안고 그냥 울었습니다.

비로소 대한민국이 보였습니다.

눈물이 모여 강을 이루고 그 물결이 다시 온 나라를 굽이쳤습니다.

우리 모두 붉은 전설 속으로 들어갔습니다.

모여 있어서 행복했습니다.

2002년의 6월은.

475세대의 노래찾기

2000년 가을 끝자락에서 펼쳐진 '포크송 빅4 공연' (송창식, 윤형주, 김세환, 양희은. 세종문화회관)과 '조용필 콘서트' (예술의 전당)는 입석표까지 동이 났다. 40, 50대 관중들이 구름처럼 몰려들었다. 주최 측에선 아예 475세대를 위한 공연이라고 못을 박았다. 40대의 나이에 70년대에 학교를 다니고 50년대에 태어난 무리 475세대, 그들은 누구인가.

가난에 쫓겨 밤차 타고 무작정 상경했던 사람들이다. 사회 구석구석에 독재의 살기(殺氣)가 스며들어 숨쉬기조차 어려웠던 시절, 날마다 자신의 비겁을 내리찍으며 울분을 삭여야 했던 사람들이다. 머리카락이 길다고, 치마가 짧다고 경찰서에 끌려가 무릎을 꿇어야 했다. 엄마, 아빠, 동생을 떠올리며 쉴 새 없이 미싱을 돌려야 했고, 누구는 자취방에서 연탄가스를 마시고 싸늘한 주검으로 귀향을 해야 했다. 추석 귀성열차를 서로 먼저 타려다 수많은 사람들이 사람에게 짓밟혀 목숨을 잃기도 했다.

돈 벌러 사우디로, 독일로, 미국으로 떠나갔던 사람들. 그래서 김포공항은 늘 목이 메었다. 이들이 우리 누이이고 동생이었다. 형이고 아우였다. 자취방에서, 캠퍼스에서, 만원버스에서, 먼지 자욱한 일터에서, 다락방에서 직직거리는 잡음과 함께 라디오로 듣던 그 노래들. 시대는 암울했지만 선율은 고왔고 노랫말 또한 의미심장했다. 그 속엔 한숨, 분노, 슬픔, 그리고 기쁨이 녹아 있었다. 그들이 이제 이 시대의 어머니, 아버지가 되어 그 노래를 찾았던 것이다.

노래만이 낭랑할 뿐 관객도 가수도 늙었다. 우상이던 가수들도 세월을 속일 순 없다. 배가 나오고 머리카락도 빠졌다. 목소리도 많이 금갔다. 하지만 많은 관객들이 눈물을 훔쳤다고 한다. 그 눈물 속엔 무엇이 들어 있을까. 왜 눈물이 날까.

과거가 너무 억울해서? 생각해보니 그래도 지난날이 아름다워서? 그때 함께 고생했던 얼굴들이 보고 싶어서? 고생만 하다가 살만하니까 돌아가신 부모님 생각이 나서? 아마 그 눈물 속엔 이 모든 것이 녹아 있었을 것이다. 감당하기 힘든 슬픔이 세월 건너에서 무더기로 몰려들었을 것이다.

그렇다, 이 시대 아줌마들은 노래에 파묻혀 울 까닭이 있다. 그래서 남편에게 표를 구해 달라 했을 것이다. 남편은 거친 세파를 함께 헤쳐 온 동지 아닌가. 아마 당당하게 명령했을 것이다. 왠지 서러운 세월, 이제 어머니가 되어 그 누구의 간섭도 없는 것이 왜 이리 허전할까.

시대는 암울했지만 당시의 대중음악은 지금 들어도 빼어나다. 송창식, 김민기, 양희은, 어니언스, 김정호 같은 이들이 일으킨 포크송 선풍과 신중현, 사랑과 평화 등이 몰고 온 록음악의 열풍은 대단했다.

그리고 그런 바람 속에서 조용필이 탄생했고 그가 있어 행복했다. 고향은 록이었지만 조용필은 솔, 블루스, 포크, 트로트 그리고 우리 민요에 이르기까지 모든 영역을 넘나들었다. 1970년대에서 80년대 초반까지를 우리는 대중음악의 르네상스라 부른다.

흘러간 노래를 찾는 사람들, 그들이 찾은 건 노래 속의 잊고 있었던 과거가 아닐는지. 음반 하나 사지 않았던 이들이 노래를 찾아 나선 것은 하나의 사건이다. 아이들 뒤치다꺼리만 하다가, 아이들의 댄스뮤직에 괜히 기죽어 있다가 이제 어머니들이 자기 노래를 찾아 나선 것 아닌가. 흘러간 가수들도 팬이 있으면 다시 돌아온다.

이 시대 어머니들, 그들은 그 노래 속에서 순수하고 맑은 젊은 날의 열정을 다시 찾으려 한다. 문화주권은 관심과 투자를 하는 무리들만이 누릴수 있다. 조용필 콘서트에서 고고춤을 추는 아줌마의 천진한 표정을 잊을 수 없다. 475세대들이 공연장을 가득 채웠다는 사실은 사뭇 감격적이다.

세상에 댄스뮤직만이 살아남은 나라가 어디 있는가. 이런 편식이 어디 있는가. 저항의 상징이라는 록, 대중음악의 종착역이라는 재즈가 죽었다. 우리에게 남은 건 댄스뮤직과 간지러운 발라드뿐. 475세대의 노래찾기가 나름의 커다란 물결로 흐를 때, 우리 대중문화의 폭은 넓어지고 토양은 기름지게 될 것이다.

그대들, 비릿한 웃음

언론인 손광식씨의 비망록 『한국의 이너서클』(중심 펴냄)을 읽어보면 우리 사회가 얼마나 연과 끈으로 꽁꽁 묶여 있는지 여실히 알 수 있다. 소문은 사실이었고, 추측은 현실이었다. 한국 이너서클의 특징은 '인맥 만들어 권력 나눠먹기'이다. 새삼 이 책에 실린 십수년 전의 '초원복집사건'을 꼼꼼히 다시 봤다. 그리고 다시 전율에 가까운 충격을 받았다. 대통령 선거를 코앞에 둔 1992년 12월 11일 부산지역 기관장들이 복국집에 모인다. 그리고 김영삼 후보를 위해 지역감정에 불을 지르자고 맹세한다. 권력을 향해 모여든 부나비들. 가면의 삶을 살아가는 어둠의 세력들. 당시의 기억을 되살리기 위해 새삼 참석자의 대화내용을 발췌해 옮겨본다.

정경식 부산지검장 : 검찰총장이 어제 그제 좌담회 와가지고… 득표에 아주 도움이 되었답니다.

김대균 부산 기무부대장 : 박통 때도 그렇고 집권하니까 대구는 먹혀들었는데 부산은 야당하고, 그래서 많이 피해를 봤다. 이번 대선에서 경남, 부산이 발전할 기회를 못 잡으면 영영 파이다.

이규삼 안기부 부산지부장 : (정주영과) 김대중이 하고 합당 얘기도 나오는데 그렇게 해버렸으면 좋겠어. 그렇게 되면 완전히 동서로 갈라지니까.

김기춘 전 법무장관 : 하여튼 민간에서 지역감정을 좀 불러일으켜야 돼.

우명수 부산시교육감 : 우리는 좀 지역감정이 일어나야 돼….

상공회의소 소장 : 팔이 안으로 굽는 것같이… 상공회의소 회장은 다 여당권입니다.

박일룡 부산경찰청장 : (김기춘 전 장관이 향응 접대를 양해해 달라고 하자) 이거 양해라뇨, 제가 더 떠듭니다.

김영환 부산시장 : (지역신문의 편향보도를 부추기라고 하자) 그렇게 하고 있어요. 그런데 이놈들이 원체 삐딱하니까… 숨어서 지금 하고 있는데….

법을 세워야 하는 법무장관, 나라를 지키는 군인, 비리를 척결하는 검찰, 국가 정보를 생산 관리하는 안기부 지부장, 민생과 치안을 살피는 경찰청장, 시정(市政)을 책임진 시장, 온화한 웃음을 보이며 참교육을 당부하는 교육감까지 모여 "우리가 남이가"를 외쳤다. 참으로 소름끼치는 일이지만 이런 일은 오늘 밤에도 일어날 것이다. 경상도, 전라도, 충청도 삼천리 방방곡곡에서 술 마시고 떠들며 "잘살어 보재이" "잘살어 보더라고" "잘살어 봐유"를 외칠 것이다.

어느 조직이건 이너서클은 있다. 캐서린 K 리어돈은 그의 저서 『이너서클』에서 "권력은 소유하는 것이 아니라 인간관계에서 형성되는 것이다. 권력은 노력하면 얻을 수 있다"고 했다. 맞는 말이다. 그러나 한국에서는 노력해서도 이너서클에 편입될 수 없다. 인간관계의 한계 때문이다. 지연, 학연, 혈연관계는 노력해서 얻어지는 것이 아니다.

한국에는 사회지도층이라는 이름의 특권층이 존재한다. 그들은 권력이 어디로 이동하고 돈이 어디로 흘러가는지를 알고 저희끼리 부와 명예를 독점한다. 그러니 모두 주류사회에 편입하려고 기를 쓴다. 성분이 변변찮으면 돈으로, 배경으로, 대중적 인기로, 특이한 재능으로, 그것마저 없다면 주먹으로 입장권을 따낸다.

정치권이 입에 거품을 물고 왜 싸우는가? 명분은 '국민을 위해서' 라지만 기실 큰 권력에 기대 자신의 권력을 재생산하려고 싸우는 것이다. 그래서 명백한 범법도 정치권을 끌어들여 쟁점화시킨다. 그들은 낮에는 망국병을 타파해야 한다며 흥분하고, 밤에는 지역감정을 조장하고 서로 눈을 껌벅거리며 음흉한 웃음을 흘린다. 손광식씨는 '희한한 세월' 이 흘렀어도 우리 사회는 변한 것이 없고, 사회를 떠받치는 공동선은 오히려 퇴화했다고 진단한다.

한국의 특권층에게는 부동산투기, 편법대출, 위장전입은 필수이고 병역 비리나 이중국적 획득, 탈세 등은 선택이다. 수절하겠다는 춘향이에게 큰칼을 씌우고 저희들끼리 낄낄거리는 변사또의 생일잔치는 오늘도 계속되고 있다. 백성들은 그 이름을 도용당하고 있다. 그래도 백성들은 재난이 닥치면 수재의연금을 내러 줄을 선다. 너무 착해 멍청한 대한민국 국민들.

국회 의사당에 먹구름이 몰려가고 있습니다.

몽둥이를 들고 누군가를 찾아 나선 듯 합니다.

하긴 '선량'이란 사람들 해도 너무합니다.

지역감정을 청산하자고 거품을 물지만 속으로는 지역감정에 불을 지르고,

부패 추방을 외치면서 구린 돈을 받고, 국민을 위한다며 국민을 팔아먹습니다.

끼리끼리 모여 낄낄거리는 무리들….

그들을 혼내려 먹구름이 전국에서 올라왔나 봅니다.

50년대에 태어난 사람들

나라 곳곳에 물이 들었다. 거리에 내걸린 태극기까지 물먹어 나부끼지 않는다. 젖은 살림과 가슴들을 말리느라 야단이다.

하지만 오래전에 이미 소리없이 물이 들어 맥없이 무너지는 무리가 있다. 40대가 그들이다. 부장, 차장, 이사, 젊은 사장들. 조직의 간부란 이유로, 조직을 위해서 조직을 떠나야 한다. 그들은 거의가 노조원 신분이 아니다. 젊은 사원들이 생존권 사수(死守)를 외치며 드러누운 정문을 피해 쪽문으로 회사를 떠난다. IMF란 거대한 물길에 가장 먼저 수몰되는 사람들. 40대는 이 시대 '퇴출세대' 이다.

공자(孔子)는 40세가 되면 사리가 분명해져 모든 일에 의혹이 없어야 한다고 가르쳤다. 하지만 21세기를 눈앞에 두고 전혀 새 길을 걸어야 하는 이들에게 세상을 굽어볼 여유가 있겠는가. 사색하며 자신을 돌아볼 수 있겠는가. 내몰리거나 그 무엇에 쫓기는 40대들은 불혹(不惑) 아닌 미혹

(迷惑)의 거리를 헤매고 있다.

늙은 부모를 모셔야 하고, 아이들은 어리고, 다른 길은 잘 보이지 않고, 벌어놓은 것은 그리 많지 않다. 은퇴하기엔 너무 젊고, 도전하기엔 너무 늙은 사람들. 선배들처럼 힘있고 멋있게 살려 했는데 어느날 갑자기 자리가 불안해졌다. 정도의 차이는 있겠지만 일터마다 해고 1순위는 40대들이다. 얘기하면 잘 알아듣고, 암시만 주면 짐을 꾸린다. 만만하다. 경영진 안주머니엔 '당신 월급으로 사람 몇을 쓸 수 있다' 는 최후의 일침이 들어있다. 그들은 우리 사회의 무엇을 위해서 희생당해야 하는가. 평생직장이 왜 그들 앞에서 붕괴되는가.

한국전쟁이 일어난 1950년에서, 사라호 태풍이 그해 추석까지 쓸어갔던 1959년 사이에 태어난 사람들. 보릿고개의 마지막 세대이자 정리해고 1세대, 이들이 바로 이 나라의 40대들이다. 유년과 학창시절을 떠올리면 검정고무신과 워카, 꿀꿀이죽과 옥수수죽 급식, 새마을운동과 무작정 상경이 기억 속에서 즉각 튀어나온다. 모두들 '하면 된다, 아는 게 힘이다, 야망을 갖자' 며 자신을 매질했다. 먹여주고 재워만 주면 기술을 배웠고, 문전옥답 팔아 학교를 다녔다.

어느덧 중년, 갈수록 강폭이 넓어지는 '세월의 강' 에 어느날 갑자기 다리가 끊겼다. 그리고 세워진 경고문 푯말. '50년대에 태어난 사람들은 자신을 아시오. 헤엄쳐 건널 생각은 마시오. 익사 위험이 있습니다. 당신의 과거를 수장시키는 불상사가 없기를 바랍니다.' 50대들은 이미 건넜고 30대는 새로운 다리가 놓이길 기다리면 된다. 이건 분명 생(生)의 불공정 게임이다. 40대가 시대에 무슨 큰 빚이라도 졌단 말인가.

40대는 '주산(珠算) 마지막 세대'이며 '컴퓨터 문맹 1세대'이다. 또 부모에게 무조건 순종했던 마지막 세대이고 아이들을 '독재자'로 모시는 1세대이다. 누구의 지적처럼 이 시대 최대의 독재자는 아이들이 아니던가. 부모를 제대로 모시지 못해 가슴 저미면서, 아이들과 같이 놀아주지 못해 미안해 해야 하는 40대. 이것이야 말로 시대의 우화(寓話)가 아니던가.

전환기에, 2000년을 앞둔 대변혁의 물살에 섞이지 못하고 겉돌지나 않을지. 우리 사회는 40대를 사석(捨石)으로 활용, 국면전환을 도모하고 있는지도 모른다.

한국전쟁의 폐허 속에 유년기를 보내고 다시 어처구니없는 국난을 맞았다. 지금 모든 것이 경제논리로만 굴러가고 있다. 공동선(共同善)이 실종된 그 진공에 40대가 있다.

정부 실업대책 어디에도 '40대의 보살핌'은 없다. 다시 대기업에 대규모 감원태풍이 불고 있다. 수많은 40대가 회사 뒷문을 빠져나올 것이다.

가장 노동생산성이 높다는 40대, 그들을 버릴 만큼 우리사회는 튼튼한가. 수상한 시대의 바람에 위에서 눌리고 아래서 치받히는 사람들. 고속성장의 막차에 올라탔다가 이름 없는 간이역에 부려지는 사람들. 이 땅에 40대는 남녀 합해 6백여만 명이 살고 있다.

■ 이 글은 온 나라가 수해를 입은 1998년 8월에 썼다. IMF라는 거대한 격랑에 수몰되는 이 땅의 40대는 '시대의 어디에 서 있는가'라고 물었다. 50년대에 태어나 새천년 속으로 들어간 6백여만 명의 삶은 지금도 고단하기만 하다.

제 4 부

문명의 눈물

느리게 산다는 것

디지털과 유전자 혁명으로 미래는 거리(距離)와 경계(境界)가 소멸된다고 한다. 공간과 시간의 거리가 점차 사라져 시공(時空)의 개념이 희미해진다고 한다. 기계는 다른 기계를 먹고 기술은 다른 기술을 삼킨다. 과연 이런 문명의 포식이 우릴 행복하게 해줄까. 집단과 집단, 개인과 개인이 벌이는 속도경쟁은 예측의 한계를 이미 넘어버렸다. 사람의 시간을 빨아 먹는 괴물 텔레비전은 어떻게 진화할 것인가. 사람의 여백을 흡입하는 휴대폰은 인간을 어디로 호출할 것인가.

지난 산업사회에서도 빠른 것은 최고의 미덕이었다. 너나없이 달렸다. 그러나 인류가 속도를 낼수록 그 스피드는 모두에게 공포였다. 빠름은 느림을 삼켰다. 산업화가 진행될수록, 인구밀도가 높을수록, 개인주의가 발달한 곳일수록 시간의 흐름이 빨라진다고 한다. 그 빠름이 우리를 어디로 데려가는지 모르고 달리기만 했다. 전철이 조금만 늦게 도착해도,

인터넷 접속이 조금만 느려도, 엘리베이터 오르내림이 조금만 느려도 우리들은 신경질을 내고 분통을 터뜨린다. 그 몇초를 참지 못하는 조급증, 그건 확실히 병이다.

그렇다면 몇달의 가뭄을, 몇년의 시집살이를 이겨냈던 옛사람들의 시간과 요즘의 시간은 다를까. 그렇다. 주어진 시간은 같지만 다르다. 옛사람들은 시간에 용해되었고 지금은 시간의 습격을 받고 있다. 옛사람은 시간을 불러들었지만 지금 우리들은 시간에 쫓기고 있다. 속도경쟁의 결정체인 휴대폰에 기대어 사는 우리 모습을 돌아보면 인간이 어디에 서 있는지 알 수 있다. 휴대폰은 인간을 가둔다. 모르면 그냥 넘어갈 일들을 휴대폰이 자꾸 알려준다. 어디에 가든 따라온다. 그래서 피곤하다. 하지만 이미 중독이 된 사람들은 휴대폰을 끄지 못한다. 휴대폰이 크게 울릴수록 인간은 약해진다. 누군가를 끊임없이 찾고 누군가 곁에 있어야 안심을 한다. 속도에의 갈망이 휴대폰을 만들어냈지만 결국 그 속도에 쫓긴다.

이렇듯 시간을 뺏고 뺏기다 보면 시도때도 없이 '정보의 습격'을 받아야 한다. 전자파에 중독된 인간은 남과 비슷한 크기로 자신을 가둔다. 그래야 편하다. 어쩌면 우린 끊임없이 넋을 앗기고 있는지 모른다. 표피에서 부서지는 감각이 세상을 지배한다. 이런 사회에선 이성이 부담스럽다. 그건 무겁고 고루해 요즘의 호주머니엔 들어가지 않는다. 이렇게 혼이 나간 정신을 상품으로 파는 지구가 결국 '감각의 제국'이 되어가고 있다.

중세에는 영혼과 정신을 지향한 탓에 육체가 활력을 잃었다면 근대에는 육체와 물신을 위한 여러가지 혁명적 변화가 왔지만 상대적으로 정신이 피폐했다. 그래서일까. 곳곳에서 느리게 살아보자는 얘기들이 쏟아져 나온다. '느림'을 위한 학술대회가 열리고 '느림'을 연구하는 모임들이 생겨나고 있다. 느리게 살자는 책들이 쏟아지고 심지어 TV광고에서조차 느리게 살자고 속삭인다. 그렇다면 어떻게 하는 것이 느리게 사는 것일까.

인류가 발명한 것 중에서 가장 위대한 것은 시간의 발명이었다. 하지만 시간이 인류를 지배하기 시작하면서 인류는 속도경쟁에 내몰렸다.

그렇다면 다시 시간으로부터 해방이 느리게 사는 것일 게다. 심리학자 로버트 레빈은 "모든 문화에는 고유한 시간의 지문이 있다"고 했다. 산속에서의 1시간과 도심의 1시간은 너무 다르다.

이제 인간들은 이 시간의 지문을 추적하기 시작했다. 주식시세를 알아보려 객장에 앉아있는 시간과 명상에 잠겨 '나'를 바라보는 시간은 무늬와 내용, 그리고 길이가 너무 다르다. 분명한 건 우리 인간은 시간을 얼마든지 늘릴 수 있다는 사실이다. 지리산 실상사에 가면 묘한 착각이 든다. 산길을 계속 오르다 보면 느닷없이 드넓은 평지가 펼쳐지고, 그 위에 홀연히 서있는 천년 고찰. 그곳엔 시간이 멈춰 서 있는 것 같다. 1,200년 된 석탑은 시간을 품지 않고 흘려보내는지 늙지 않았다. 주지 도법 스님에게 물었다.

"왜 인간은 속도경쟁을 벌이며 그 안에서 부대낄까요?"

"자기중심이 없이 살기 때문이지요. 남만을 좇다보면 결국 '나'를 잃어버려요. 나를 보지 않고 세상만 봅니다. 그러니 허둥지둥 뒤쫓아 가고 결국 속도에 매몰됩니다."

시간의 노예가 아닌 주인이 되는 길, 그것은 '나'를 찾음이다.

길은 이제 바퀴에 점령당했습니다.

이렇듯 저홀로 가는 길은 드뭅니다.

저 숲을 빠져나간 길은 어디쯤에서 멈춰 있을까요?

그곳에는 흐르다 멈춘 시간들이 풀어져 있을지도 모르죠.

그 시간과 함께 시나브로 풀어지고 싶습니다.

우리는 너무 숨가쁘게 달려왔습니다.

도대체 누가 시간을 풀어 우리를 가둘까요?

이제 천천히 걷고 싶습니다.

한 눈도 팔고 휘파람도 부르고

그리운 얼굴도 떠올리며 혼자이고 싶습니다.

시간을 벗어 놓고,

저 숲길을 걸어 과거 속으로 들어가보고 싶습니다.

문명의 배신

대구지하철역 방화사건은 시간이 흘렀어도 떠올리면 유독가스에 질식할 것만 같다. 출근전쟁이 끝난 한가로운 지하철. 승객들은 전동차에 연기가 스며들어도 그것이 결코 죽음의 유독가스라고 믿지 않았다. 승무원의 안내방송을 듣고, 그들을 믿으며 태연히 죽음을 기다린 셈이다. 무덤보다 더 깊은 곳에서 세상을 떠난 사람들. 그들의 한이 얼마나 깊을 것인가.

그들은 왜 죽어야 하는지를 모르고 숨져갔다. 누가 그들을 죽였는가. 같이 죽자고 전동차에 불을 지른 사람? 승무원의 지시만 따른 승객들의 위기불감증? 승객들을 사지(死地)로 몰고 간 기관사? 이를 제대로 지켜보지 않고 엉터리 지시를 내린 종합사령실? 언론과 전문가들은 온갖 분석을 다 내놓고 있다. 결론은 같다. 한마디로 어처구니없는 인재(人災)라는 것이다.

그렇다면 앞으로 어떻게 해야 안전강국(强國)이 될 수 있을까. 여러가지 방안들이 쏟아져 나오고 있지만 막상 해답을 받아 적기에는 마뜩찮다. 동반자살의 유혹에 사로잡힌 사람들이 이 땅에 없어야 하고, 승객들은 위기탈출 요령을 터득해야 하고, 기관사들은 상황을 귀신같이 파악하는 능력을 길러야 하고, 종합사령실 근무자들은 종일 모니터를 뚫어지게 응시하며 지하에서 일어나고 있는 상황을 판독해내야 한다. 그러나 어느 것 하나 쉽지 않다. 사람이 하는 일이기 때문이다.

이제 우리는 모두가 그토록 믿고 있는 정보화사회를 좀더 자세하게 들여다볼 필요가 있다. 정보화사회는 기술만능의 환상을 심어 인간을 안심시키고 인간이 한눈을 팔면 인간을 습격한다. 지금 우리 사회는 정보만 먹고 살도록 삶까지 재편되고 있다. 개인의 판단과 사고능력은 점차 약화되어가고 있다. 남과 함께 가야, 무리를 지어 가야 안심을 한다. 모두가 한곳을 향해 달린다. 흡사 깜깜한 터널을 지나는 차와 같다. 주변은 보이지 않는다.

이런 걸 어떤 이는 터널의 세계(tunnel design)로 규정했다. 세상의 정보들은 인간을 분명 어느 곳으로 이끌고 있지만 대다수 사람들은 어디로 가는지를 모른다. 말하자면 우리의 의사와는 아무 상관없이 세상이 바뀌고 있는 것이다. 허겁지겁 따라가다보면 기술이 돌아서서 인간에게 비수를 겨눌 때가 있다. 이번 지하철 참사에서 개인적으로 가장 소름끼치는 것은 지하세계를 달리는 전동차에 기관사가 단 한명뿐이라는 사실이다.

온갖 기계들을 향해 혼자서 명령을 해야 한다는 것이 왠지 섬뜩하다. 숱한 첨단기기들은 인간의 입김이 서리지 않으면, 체온이 전달되지 않으면 거대한 흉기로 돌변할 수 있다. 기계화가 진행될수록 그 속에 인간이 들어가야 한다. 기계와의 교감이 필요하다.

인텔의 창업자인 고든 무어의 이름을 딴 '무어의 법칙'이 있다. 컴퓨터 칩의 속도가 18개월마다 2배로 증가하고 있다는 것이다. 최신형 컴퓨터의 정보처리 속도가 18개월 후엔 신종에 비해 반으로 떨어진다는 얘기이다. 다른 신제품도 마찬가지이다. 우리의 의식은 기술의 개발속도를 쫓아 갈 수 없다. 우리는 좋든 싫든 신기술의 결정체인 신제품의 실험대상이 될 수밖에 없다. 이런 속도전일수록 인간으로 돌아가야 한다. 설비보다 인간에 더 투자해야 한다. 참사는 인간을 믿지 않고 기계를 맹신할 때 일어난다.

新유목민사회의 가족

독신생활자가 늘고, 독거노인이 늘고, 이혼이 늘고 있다. 가정이 흔들리면서 사람들이 버려지고 있다. 부모 잃은 아이들, 자식 없는 노인들, 식구들이 떠난 가장들…. 가정이나 친척, 마을 등 혈연, 지연공동체가 약자들에게 울타리가 되어주던 시대는 지났나보다. 모두 속도전에 매몰되어 정신이 없는지. 가족은 과연 해체될 것인가?

새아빠, 새엄마가 전혀 낯설지 않고, 계약 동거에 임대 아이까지 등장하고 있다. 분명 가족이 위기를 맞고 있다.

그 안에 행, 불행이 있고, 슬픔과 기쁨이 우러났고, 어쩌면 존재의 이유였던 가족. 그러나 신유목민시대가 펼쳐지면서 가정은 와해와 재편의 기로에 봉착했다. 미래의 경제는 유목민적 삶의 방식과 전략들을 부활시켰다. 과거 농경사회는 사람들을 토지와 농사일에 묶어놓았다. 산업사회에서는 기계에 예속시켰다. 인간들은 대량생산이라는 기계바퀴에서 벗어나지 못했다. 똑같은 제품을 찍어내듯 똑같은 삶을 살았다. 인간을 일정한 지역에, 일정한 일로 매어놓았다.

결국 산업사회는 막을 내리고 있다. 세계화, 디지털화, 가상세계화, 개인화 같은 개념들이 기존의 경계를 무너뜨리고 있다. 현대의 지식경제는 속도와 유동성, 즉흥성에 승부를 걸어야 한다. 정보화사회의 가장 중요한 원자재인 지식과 정보 등은 순식간에 노화해버리기 때문이다.

몇 년 전부터 노조원들의 거센 반발에도 정규직 일자리가 줄어들고 있다. 산업사회를 지탱해주었던 평생고용, 가족경영 같은 유산은 화석이 되어가고 있다. 언제든 떠나야 하고 어디든 가야 한다. 주어진 여건에 가장 유연하게 적응하는 것이 사는 길이다. 바람처럼 살아야 한다. 노동이란 개념은 느닷없이, 전혀 엉뚱하게 진화하고 있다. 도저히 예측할 수 없다.

이런 유목민사회에서는 지금까지 우리 정신세계를 지배했던 가치들이 형편없이 구겨져 버린다. 남자들은 혼자서 가족을 부양하려 하지 않는다. 여자들 역시 육아와 집안살림이라는 굴레를 박차고 나온다. 남편의 출세를 위해 희생을 감수하던 시대는 지나갔다. 요즘 소위 능력있는 여자들은 남자의 전유물이었던 '이동'을 하면서 살아간다. 주체적으로 선택하고 스스로 책임을 진다. 그러나 아이가 있으면 문제가 훨씬 복잡해진다. 그러니 출산율이 떨어질 수밖에 없다. 남성과 여성의 역할도 어디에서 어떻게 접점이 이뤄질지 도무지 알 수 없다.

이제 남성과 여성이 서로 삿대질하며 권익 또는 영토싸움을 할 시기는 지난 것 같다. 엄청난 새 물결이 가정을 덮치고 있다. 우리는 어디로 흘러가 어떤 모양의 가족을 구성할지 모른다. 새로운 흐름은 우리의 어디를 허물고 들이닥칠지 모른다. 다만 여성이 더 사회의 중심에 서 있을 것이라는 예측들이 흘러나오고 있다. 남자가 약자라기보다는 홀로 사냥(돈벌이)에 나서야 하기에 겨를이 없다는 말일 게다. 그런 조짐은 이미 곳곳에서 감지되고 있다.

가족은 새로 건설되고 있는 중이다. 남자가 그 옛날 종일 산하를 누비며 사냥을 했던, 그 고된 삶이 주어지더라도 가정은 부디 따스했으면 좋겠다. 가정과 가족이 여전히 미래 사회의 중심에 놓일 것이라는 앨빈 토플러의 말을 믿고 싶다.

조카 설현이가 할아버지 품에서 환하게 웃고 있습니다.

제 기억으로는 76년 가을 초입인 것 같습니다.

우리 집에 놀러온 친구 권혁천이가 카메라에 담았습니다.

누나와 매형은 돈벌러 미국으로 건너갔고,

설현이는 할머니 할아버지가 7년간 키웠습니다.

세월은 무심하지만 살처럼 빠르지요.

아버지는 세상을 뜨셨고 설현이는 미국으로 건너갔으니

이제 이 땅에는 아무도 살지 않는군요.

그런 설현이가 지난 6월 8일 미국 애틀랜타에서 결혼을 했답니다.

상대는 웃음이 해맑은 중국 청년이었습니다.

설현이는 미국식의 큼직한 웃음을 베어 물었습니다.

어머니와 나는 그들의 부신 결혼식을 보며 울고 말았습니다.

이런 좋은 날… 왜 우느냐고 나는 내게 몇 번씩 물었죠.

그러나 대답은 끝내 떠오르지 않았습니다.

태평양을 건너가 뿌린 할머니의 눈물을,

그 인연의 끈을 설현이는 알까요?

욕도 가벼워진다

인터넷 대화방이나 영화관 스크린이 욕범벅이다. 툭하면 반말이고 불쑥 욕설이다. 느닷없이 대거리고 뜬금없이 삿대질이다. 날선 글과 말에 베일 것만 같다. 그렇다고 대화방에서, 스크린에서 욕을 추방할 것인가. 그건 더욱 욕먹을 짓거리다. 욕이 난무하는 사회가 아무리 살벌할지라도 욕이 없어 삭막한 것보다는 낫다.

욕에도 맛과 무늬가 있다. 잘 쓰면 백마디의 말보다 쉽게 후련하게 명쾌하게 감겨든다. 욕을 제때 제대로 구사하는 것도 능력이며 재주이다. 판소리에서 욕지거리를 빼면 찰지지 않고 그냥 푸석거릴 것이다. 욕 잘하는 사람이 반드시 나쁜 사람이 아니듯, 욕 많이 먹는 사람도 반드시 악인은 아니다. 문제는 까닭없이 욕을 날리고 생각없이 욕을 퍼붓는 요즘 세태다. 우선 욕하고 나중에 생각한다. 그러나 욕매는 곤장매보다 무섭다. 매는 맞고 나면 시원하지만 욕은 마음속에 생채기를 남긴다. 쉽게 아물

지도 않는다. 존경하거나 사랑하는 사람에게 욕매를 맞았을 때 얼마나 절망했던가. 수치심에 온몸을 떨던 그 기억은 평생 지워지지 않는다. 누구나 그런 기억 하나쯤은 지니고 산다. 그건 아픔이다.

똑같이 삼류 깡패가 주인공인 영화 「파이란」과 「친구」는 온통 욕설범벅이다. 한데 「파이란」 주인공(최민식)의 욕지거리는 그다지 상스럽지 않은데 「친구」의 주인공(유오성)이 뱉는 욕은 왜 섬뜩할까? 왜 소름이 돋을까? 그런 느낌은 나만의 것이 아닐 것이다. 곰곰 생각해보다가 결국 나만의 해답을 찾았다. 「파이란」의 주인공은 남에게 욕을 퍼부었지만 그것이 실은 자신을 겨냥한 것이었다. 하지만 「친구」는 욕 속에 살기(殺氣)와 광기(狂氣)가 번득였다. 타인에 대한 저주와 분노만이 시퍼렇다. 욕이란 부메랑이다. 던지면 다시 돌아온다. 그래서 욕은 반쯤은 나를 향해 쏟아내야 한다.

살아간다는 것은 어찌보면 욕을 먹는 것이다. 우리는 밥처럼 매일 욕을 먹는다. 아무리 선한 사람이라도 누군가에게는 욕을 먹는다. 우리는 욕 먹기를 싫어하면서도 욕을 달고 다닌다. 욕이란 무엇보다 우리 생활 깊숙이 들어와 있다. 언제든 튀어나올 수 있도록 준비된 언어이다. 늘 곁에 있는, 가장 친숙한 음지의 살아있는 언어이다. 우리 민족은 유달리 욕을 많이 한다. 욕을 즐긴다는 표현을 써도 무방할 것 같다. 그 많은 욕들을 쌓아놓으면 산보다 높을 것이다. 그러한 욕도 생성되고 소멸한다. 그 속에 시대의 언어감각이나 세태가 녹아 있다. 욕은 그 속에 많은 것을 담고 있다.

여자를 잘 후리는 남자가 있었다. 형형색색의 현란한 말로 여자의 마음을 사로잡았다. 여자는 모든 것을 남자에게 바쳤다. 남자는 단물을 쏙 빨아먹고 여자를 버렸다. 그러면서 군색한 변명을 늘어놓았다. "당신은 천사요, 나는 도둑놈이야. 당신을 사랑하오, 그러나 떠날 수밖에 없는 나를 용서하시오." 남자는 눈물까지 질금거렸다. 여자는 그런 남자에게 무어라고 말해야 할까. 이때는 뺨을 후려치며 "개새끼"란 욕 한마디가 딱이다. 어떤 울음보다 저주보다 제격이다.

힘껏 참았다 한번 쏟아내는 욕설은 산을 무너뜨린다. 천둥이고 벼락이다. 욕이 아무렇게나 날아다니며 아무나 베어넘기면 그 사회는 살기와 광기가 넘실거린다. 그래서인가. 거짓말한다고 해서 대통령 입을 공업용 미싱으로 박겠다고까지 욕을 했던 국회의원도 있었다. 선거철만 되면 바늘끝보다 더 험한 말들이 떠다니며 민심을 찔렀다. 가벼운 세태에는 욕도 한없이 가벼워지는가. 요즘 욕, 해도 너무 한다

위대한 발명, 지우개

널리 알려진 지구촌 지식인들에게 "지난 2,000년 동안에 가장 위대한 발명은 무엇인가?"라고 물었다. 대답은 사람마다 달랐지만 나름대로 선정이유는 그럴 듯했다. 인쇄기계, 전기모터, 비행기, 산아제한, 컴퓨터, 원자폭탄, 양자이론, 깃발, 인도나 아랍의 숫자체계, 시계, 마케팅, 기하학, 피임약, 대학, 아스피린, 거울, 의자, 망원경, 미적분, 기독교와 이슬람교, 유전공학, 개념으로서의 무의식, 교향악단 등을 들었다. 이렇게 열거해놓고 보니 인류는 숨가쁘게 뭔가를 만들어 왔다는 생각이 든다. 실로 대단한 위업들이다. 하나하나가 인간의 삶을 바꿔놓은 것들이다. 하지만 어떤 이는 손꼽을 것이 없다며 문명을 시답잖게 바라보기도 한다. 그중 작가이며 평론가인 더글러스 러쉬코프는 뜻밖에도 지우개를 선택했다. 그가 들이댄 이유는 다음과 같다.

답은 지우개다. 컴퓨터의 'del' 키, 화이트, 헌법 수정조항, 그밖에 인간의 실수를 수정하는 모든 것을 꼽고 싶다. 이렇게 뒤로 돌아가서 지우고 다시 시작할 수 없었다면 과학적 모델도 없었을 것이고 정부, 문화, 도덕도 없었을 것이다. 지우개는 우리의 참회소이자, 용서하는 자며, 타임머신이기도 하다.

더글러스 러쉬코프가 들고 나온 지우개는 물론 상징이다. 인간이 지울 수 있는 능력을 발견한 것이 대단한 것이 아니라 지우는 행위, 즉 뒤로 돌아가 다시 시작하는, 사유하는 시간을 갖는다는 것이 대단하다는 말일 것이다.

세상의 모든 것들은 우리들의 기억 속에 들어있다. 내가 기억하지 못하는 것들은 세상에는 있으되 내 안에서는 존재하지 않는다. 엄청난 크기의 세상도 기실 기억 속에 들어가 있는 셈이다. 그러나 우리네 기억용량은 너무나 작다. 나를 거쳐 간 사람과 사물 중에서도 극히 일부만을 저장하며, 그 저장된 것들을 수시로 꺼내 새김질을 할 뿐이다. 세상을 담아내는 기억들이 우리 몸안 어디에 쌓여 있는지 한없이 신비스럽다. 하지만 한편으로 기억에 기대어 기억으로 살아간다는 것이 얼마나 아슬아슬한지….

기억이 사라지면 알고 있는 모든 것들이 일거에 날아가 버린다니 얼마나 허망한가. 어느날 불현듯 다가온 깨달음, 달콤한 입맞춤, 숨이 멎을 듯한 비경(秘景), 가슴 저몄던 순간들까지… 나만의 것들이 세상에서 사라진다는 것은 생각만 해도 끔찍하다. 그렇다면 사람이 죽으면 기억들은 어떻게 될까. 세상의 어느 한 곳, 아니면 우주의 어느 지점에 쌓이지 않을까? 기억의 무덤이나 창고 같은 곳이 있지 않을까? 알 수 없는 일이다. 분명한 것은 기억은 생전에도 닳아 희미해진다는 사실이다. 지워진다는 것이다.

사는 것은 늘 무엇인가를 지우는 것이고, 누군가에 의해 지워지는 것이다. 우리는 서로를 지운다. 그러기에 우리네 삶의 지우개는 마음일 수도, 세월일 수도 있다. 지운다는 것은 일종의 자각(自覺)이다. 실수와 잘못을 발견한다는 것 자체가 온전한 것을 향한 일종의 동경이다. 도전이며, 끊임없는 지향이다. 우리네 삶은 얼마나 어수룩하고 부정확한가. 무엇하나 완전한 것이 없다. 천부적인 재능을 지닌 농구 슈터라도 3점 숏 성공률은 50%를 넘지 못한다. 빼어난 야구선수라도 타율이 4할을 넘지 못한다. 우리는 얼마나 많이 넘어지는가. 육체가 아닌 정신도 하루에 몇번씩 넘어진다. 우리에게 실수와 잘못은 성공이나 잘함보다 훨씬 익숙하다.

완성을 향한 부단한 날갯짓, 지웠다 다시 쓰는 반복 속에서 우리는 매번 매순간 새롭게 태어나는 것이다. 그래서 지운다는 것은 다시 시작함이다. 지울 수 있다는 것은 다시 시작할 힘이 있다는 것이다. 그것은 여유다. 마음에 안 드는 현재를 지우고 다시 과거로 돌아가 미래를 보는 여백이 있다. 그것은 일종의 성찰이 아닌가. 따라서 지우개를 성찰의 도구라 부른다면? 너무나 큰 면류관을 씌워주는지도 모르겠다. 하지만 자신을

눈이 내린 날은 고요하지요.

떠도는 소문도

도둑의 발자국도

웅크린 집도

저희끼리 껴안고 있던 장독도 눈에 덮입니다.

모든 모난 것들을,

모든 잘난체 하는 것들을 지워버립니다.

이 땅에 내리는 눈은 '원색의 뽐냄을 지우는 거대한 화이트' 가 아닐런지요.

저 눈 속에 들어가 눈사람이 될 수 없다면

그대는 가슴에 비수를 품고 사는게 아닐까요?

지우는 것은 그 무엇보다 의미있는 일이다. 나를 바라보고, 나를 지워, 나를 찾을 수 있음이니 얼마나 위대한가.

정말이지 뒤로 돌아가서 다시 시작할 수 없었다면 정부도, 문화도, 도덕도 없었을 것이다. 헌데 이 거대한 세상은 누가 지우고 있을까?

카드의 진화

.

신용카드를 둘러싼 사고가 빈발하고 있다. 신용카드의 쓰임새가 넓어지고 깊어질수록 부작용이 속출하고 있다. 『신용카드 제국』의 저자인 로버트 D 매닝은 "신용카드 속에는 에덴동산의 아담과 이브를 죄의 구덩이에 밀어넣은 유혹이 들어있다. 청교도 윤리로 사회를 보면 사탄의 유혹이며 악의 화신"이라고 저주를 퍼붓는다. 사실 지금 지구촌은 매일 팽창하는 신용카드 제국이다. "당신의 능력을 보여주라" "벌지 않아도 써라, 나중에 벌어 갚으라"고 틈만 나면 달콤하게 속삭인다. 그러다 보니 수입보다 지출이 많은 이른바 '한도초과 인생들'이 양산되고 있다. 카드빚을 갚기 위해 현금서비스를 받는 악순환이 계속되고 있다. 무수히 쏟아져 나오는 카드, 카드…. 우리는 사회 구석구석에 촘촘히 설치된 카드의 거미줄에 걸려 파닥거리고 있다.

너나없이 신용카드 제국의 신민들이 되어가고 있다. 네모난 플라스틱 키는 어떤 문도 활짝 열어젖힐 수 있다. 그러나 당장에는 만능의 화폐일지 몰라도 시간이 지나면 근심의 뿌리이다. 대한민국도 서민들의 가계파산에 따른 신용대란이 사회문제로 떠오르고 있다. 범죄의 동기를 캐다보면 카드가 곧잘 등장한다. 카드빚을 갚으려 강도짓을 하고 남의 카드를 훔쳐 욕망을 채운다. 카드의 분실과 위조카드의 유통은 시대의 골칫덩어리이다. 카드가 섬세해지면 복제기술도 정교해진다. 해결책은 뭘까. 인간의 몸에 카드를 삽입하면 어떨까. 우리 인체에 바코드를 새겨넣으면…. 실제로 일각에서는 이마나 손 등에 문신을 새기는 방법을 연구하고 있다고 한다. 모든 인간들이 인체에 바코드를 새겨넣을 때가 되면 인류는 말세(末世)를 맞는다고 한다. 신용카드의 범람과 이에 따른 대란을 경고한 말씀이나 예언들은 일찍이 존재했다.

'1999년 7월, 하늘에서 공포의 대왕이 내려온다'는 예언은 빗나갔지만 노스트라다무스(1503~1566)가 남긴 4행시는 여전히 두렵고 위협적이다. 불길한 수수께끼들은 살아있고 그 속에서는 피냄새가 난다. 그는 인류의 멸망이 가까워오면 신용카드가 범람하리라고 예언했다.

금과 은 대신에
대량의 크레디트(CREDIT)가 넘치리라.
그것은 거센 욕망을 부채질하고
부끄러운 마음을 장님으로 만든다.

16세기를 산 사람이 미래의 사회병리를 이렇듯 내다보다니 소름이 돋는다. 신용(카드)이 욕망을 자극하여 결국 인간을 파멸로 이끌 것이라는 정확한 통찰은 실로 그가 오늘을 사는 우리 곁에 있는 듯하다.

작은 자나 큰 자나 부자나 빈궁한 자나 자유한 자나 종들로 그 오른손에나 이마에 표를 받게 하고 누구든지 이 표를 가진 자 외에는 매매를 못하게 하니 이 표는 곧 짐승의 이름이나 그 이름의 수라. 지혜가 여기 있으니 총명있는 자는 그 짐승의 수를 세어보라. 그 수는 사람의 수니 육백 육십 육이니라.

요한계시록 13장 16~18절

이 계시는 더욱 구체적이다. 절대권력을 가진 한 통치자가 세상사람들에게 어떤 표를 주는데 이 표를 지녀야만 경제활동을 할 수 있다는 것이다. '오른손이나 이마에 새겨진 표'는 과연 무엇일까. 아마 고도로 진화된 카드나 바코드일 것이다. 성경에서는 이 표를 '짐승의 이름'으로 그 위험성을 경고하고 있다. 우리 몸속에 개인정보가 낱낱이 수록된 문신이나 칩을 부착하는 그날이 온다면 우리는 누군가에 관리될 수 있다. 그날이 온다면 그 관리자가 공포의 대왕이든 적그리스도(대환란 중에 세계의 실권을 잡고 지상에 남아있는 인간을 자신의 노예로 삼아 자신을 하느님으로 숭배할 것을 강요하는 마왕)이든 인간에게는 누군가에게 사육되는 짐승의 시간이 주어질 것이다. 관리자들은 그 표를 통해 인간 모두를 가둘 수 있다. 인간심리와 유전자까지도 일정한 목적을 위해 조작할 수 있다. 그렇다면 종말론에 등장하는 666은 우리 시대의 무엇일까. 개인의 모든 정보를 분석하여 인간을 감시하는 도구가 아닐까? 이를테면 스스로 진화된 무한 용량의 슈퍼컴퓨터 같은. 666개가 있어 666으로 불리는. 신용카드의 진화와 변용이 실로 숨가쁘다. 한번쯤 쉬어갔으면 좋겠다.

등 굽은 고향

고향에 내려가면 어릴 적에는 그토록 크고 우람하게 보였던 집들이 이제는 왜소해 보인다. 하늘만하게 보였던 학교운동장은 도회지의 공터만하고, 온 식구가 누워도 남았던 안방은 나 혼자 차지해도 모자랄 듯하다. 강둑 위에 앉아서 꿈까지 띄워 보냈던 도도한 강물도 볼품없이 말라버렸다. 내가 컸는지 고향이 쪼그라들었는지 알 수가 없다. 마을도 길도 사람도 낡고 늙고 작아졌다. 그런 고향에 우리 시대의 어머니가 홀로 계신다. 자식들은 도시로 나가 살고 남편은 세상을 떴다.

등 굽은 마을에는 모든 게 느릿느릿 움직인다. 물론 급할 것이 없다. 노인들만, 그것도 할머니끼리만 사는 동네에는 시간이 고여 있다가 느닷없이 흐른다. 노인들이 밤을 부르고 아침을 부른다. 그들만의 시간이 주어진다. 그래서 갑자기 밤이 찾아들고 날이 밝는다. 그 곱고 기운 찬 동네 어머니들은 언제 일제히 할머니가 되었을까. 아버지들이 차례로 세상을 떠난 후 어느 날 함께 늙어버린 우리네 어머니들. 그들이 도회지로 떠난 자식들을 꿈속으로 끌고 들어가면 밤은 소리없이 깊어간다. 고향의 밤은 적막하다.

자식들이 어머니를 도회지로 모셔 가면 이내 빈집이 된다. 사람이 살지 않는 집은 왜 그리 급하게 주저앉는지. 따져보니 집이란 기둥이 지탱하는 것이 아니라 사람이 받치고 있는 것이었다. 마당에는 풀이 무성하고 처마에는 거미줄 투성이다. 사람냄새가 지워지면 온갖 야성덩어리들이 사납게 자란다. 마을에는 빈집이 자꾸 늘어난다. 빈집이 폐가로 바뀌는 데는 채 1년도 걸리지 않는 것 같다. 남아 있는 사람들도 자꾸 아프다. 환절기에는 마을 전체가 기침을 한다.

옛 어른들은 아이가 울면 귀신도 범접을 하지 못한다고 했다. 우렁찬 울음소리는 미래이며 희망이었다. 하지만 마을에서 갓난아기의 울음소리가 끊겼다. 빨랫줄에는 기저귀가 나부끼지 않는다. 하얀 기저귀가 시나브로 흔들리는 모습이란 세상에서 가장 평화로운 풍경이 아니던가. 늙은 이의 시름을 녹여주는 천진한 웃음이 사라졌다. 빨랫줄에서도 원색의 화사한 옷은 볼 수가 없다. 노인의 찌든 옷만 무겁게 흔들거린다. 동네 어귀나 골목마다 그득했던 아이들의 웃음소리는 날아가 다시는 돌아오지 않는다. 젊은이들은 탄생의 축복도 함께 지고 떠나버렸다. 고향엔 더 이상 생산의 기쁨이 솟아나지 않는다.

나는 제법 큰 읍에서 자랐다. 명색이 읍이란 곳의 인구가 계속 줄어 이제는 만 명도 살지 않는다고 한다. 대도시가, 인근의 더 큰 도시가 사람들을 빨아들였다. 초등학교에 빈 교실이 늘어나고 예비군이 한 명도 없는 자연부락이 생겨난다. 초상이 나면 젊은이가 없어 상여나가는 일이 가장 큰 걱정거리다. 마을에는 그 흔한 소문조차 떠돌지 않는다. 누구랑 누구랑 연분이 났고, 누구는 헛것을 봤고, 누구네는 노름빚을 갚지 못해 야반도주를 했다는 등 자고 나면 쏟아지던 온갖 풍문들이 더 이상 날아다니지 않는다.

들녘은 일손이 모자라 논과 밭을 묵히는 경우가 많다. 옛날엔 상상도 할 수 없는 일이었다. 논두렁 밭두렁은 꼴(소나 말에게 먹이는 풀)을 베지 않아 잡초가 어른 키만큼 자라난다. 이제 농촌에서도 소나 말은 할 일이 없다. 기계와 비료와 농약으로 농사를 짓는다. 힘이 빠진 땅은 약으로 농작물을 키운다. 새참은 자장면을 시켜먹고, 막걸리 대신 맥주를 마시고, 논두렁에서 휴대전화로 다방에 커피를 시킨다.

이것이 우리네 고향이다. 그 속에 우리네 어머니가 홀로 계신다. 밤마다 생각은 천리길을 달려갔다 돌아온다. 도회지로 나가자니 두렵고, 며느리 눈칫밥을 받아먹자니 이 또한 편치 않다. 아들놈은 자꾸 올라오라 하지만 그것이 말처럼 쉬운가. 평생을 흙을 만지며 살아온 곳, 지아비가 묻힌 곳, 눈 감아도 환히 보이는 정겨운 들길, 산길, 손때 묻은 장독들을 놔두고 어디로 간단 말인가. 시골에 있으면 말벗이라도 있지만 그 많은 사람들이 정신 사납게 오가는 도시에서 어떻게 살 것인가. 그리고 옆집 할매

아버지 산소 바로 옆에 서 있던 집이 이렇듯 폐가로 변해버렸습니다.

산소를 찾을 때마다 그 집에 들러 서로의 안부를 묻곤 했었지요.

벌초할 때는 낫을 빌리고 물도 얻어 마시곤 했지요.

막내아들이 늙은 어머니를 모시고 살았는데 서울로 이사를 갔답니다.

집이 팔리지 않아 그냥 떠났답니다.

이런 외딴 집은 누가 거들떠보지도 않지요.

집을 비운지 1년이 채 되지 않았는데 이렇듯 마당에 온갖 풀이 무성하게 자랐네요.

서울로 가져가려 내놓았던 손주녀석의 컴퓨터가 아무래도 구식이라 창피했는지

마당 한가운데 그대로 있네요.

가져갈까 말까 몇 번을 망설였겠지요.

모니터에는 야생초 그림자들만 담겨 있습니다.

밤에는 아마 별빛, 달빛이 찾아 들어갈 겁니다.

그것들을 지나가던 들쥐나 고양이나 새들이 쳐다보겠지요.

는 나 떠나면 누가 보살피겠는가. 아직까지는 풀기 있으니... 그나저나 손자녀석은 많이 컸을 텐데...

우리네 어머니는 어찌 보면 시대의 버림을 받았다. 그런 어머니를 시골에 버려두고 마음 고생하는 이 땅의 중년들 또한 슬프다. 온 가족이 모여 행복한 웃음을 짓고 있는 포스터나 광고를 보면 가슴이 저민다. 하지만 고향은 갈수록 멀어져간다. 희디흰 피부에 행복한 미소를 배어 물고 있는 이 시대의 젊음들아, 너희가 할머니를 아느냐? 고향을 아느냐?

고향은 이제 너무 늙었다. 고향집에서는 어머니가, 객지에서는 불효자가 서로를 생각한다. 세월은 흐르고 그 어머니들마저 세상을 뜨면 우리는 돌아갈 곳이 없다.

비만의 이동

지금 세계는 비만과 전쟁을 치르고 있다. 미국의 경우에는 3명 중 2명이 과체중이고 그 중 1명은 비만이라고 한다. 미국인들은 한해 3백 40억달러(약 40조원)를 순전히 살빼는 비용에 쏟아붓고 있다. 살이 찌는 것은 소비량보다 섭취량이 많기 때문이다.

지금 우리는 인류 역사상 유례가 없는 기름진 식생활을 하고 있다. 지구의 한편에서는 먹을 게 없어 굶어 죽어가지만, 다른 한편에서는 고기 굽는 연기가 자욱하다. 거기에다 TV, 컴퓨터, 기계 등에 의존한 좌식생활이 인간의 모습을 바꿔놓고 있다. 지난 20년 동안 지구상에 존재하는 남자들의 몸무게는 무려 10kg 정도나 늘어났다고 한다. 현대인은 역사상 가장 굵은 허리로 뒤뚱거리고 있다. 굵은 허리는 식탐(食貪)을 부른다. 포만감은 다시 비만으로 이어진다. 비만은 질병을 가져온다.

국내도 사정은 다르지 않다. 중년에 접어들면 누구라도 살이 쪄서, 혹은 살이 찔까봐 걱정이다. 더욱이 소아비만이 급속도로 번지고 있다. 현대인들은 너무 많이 먹고 마신다. 조선시대 사람들은 하루에 두 끼만을 먹었다고 한다. 점심은 먹을 수도 있고 거를 수도 있는 간식 정도였다. 점심(點心)이란 것이 글자 그대로 마음에 점 하나를 찍는 것이었다. 하루 세끼의 식사가 완전히 정착된 것은 조선시대가 끝이 나고도 한참 후인 지난 세기 말쯤이었다. 점심때 맛집을 수소문하고 별미를 찾아 헤매는 것은 정말 최근의 일이다.

쌀을 재배하여 100명의 사람이 먹고 살 수 있는 넓이의 땅에 밀을 경작하면 75명이 먹을 수 있고, 초지를 만들어 목축업을 하면 9명만이 먹을 수 있다고 한다. 그런데 불어난 그 많은 인구가 어떻게 고기를 배불리 먹을 수 있는가. 그건 사육기술이 발달했기 때문이다. 더 정확하게 들여다보면 이른바 동물학대 기술이 발전한 것이다. 소나 돼지, 닭 등은 오직 인간의 먹이로 사육되고 있다. 단기간에 살이 오르는 품종을 선택하고, 좁은 공간에서 잠도 재우지 않는 가혹행위로 오로지 살만 찌게 한다. 그것들은 인간과 더불어 사는 가축(家畜)이 아니라 대량으로 생산되는 '공축(工畜)'이다. 이렇게 생산된 고깃덩어리를 섭취하는 인간들 역시 살이 오를 뿐이다. 그것들의 고통과 분노까지 섭취하게 되니 자연히 인성까지 사나워지는 것 아닌가.

기름진 식사는 체내에 기름이 끼게 한다. 이러한 비만은 이제 개인 차원을 넘어서 사회와 나라, 나아가 전 지구의 문제로 떠올랐다. 우선 늘어난 현대인의 몸무게는 끊임없이 먹거리를 원한다. 군살에는 걸신(乞神)이 붙어 있다. 개인 평균 10kg의 체중이 늘었다면 그걸 유지하기 위해 엄청나게 먹어야 한다. 또 비만이 불러오는 질병의 손실은 실로 헤아리기 어렵다. 이제 사회 경제적 지표에 '비만도'는 주요 항목이 되어야 한다.

더 주목해볼 것은 '비만의 이동'이다. 얼마전까지만 해도 비만은 '있는 사람'의 것이었다. 하지만 지금은 '없는 사람들'이 더 뒤뚱거리고 있다. 사회적 불평등과 몸의 관계를 분석한 P 브르디외는 "계급에 따른 음식물의 분포는 몸의 발달에 중대한 영향을 끼친다. 예를 들어, 현재 프랑스나 영국사회의 노동계급은 값싸고 기름진 음식을 많이 소비하는데 이는 그들의 체형뿐만 아니라 상류층보다 높은 심장병 발병률에 영향을 미친다"고 간파했다.

비만이 저소득층, 빈민층으로 빠르게 옮겨가고 있다. 그들은 싸구려 고기와 기름을 섭취하고 몸에 낀 기름기를 제거할 만한 운동은 하지 못한다. 여가나 돈이 없기 때문이다. 이제 저소득층은 군살까지 달고 다녀야 한다. 뒤뚱거리며 우리 사회의 뒤치다꺼리를 할 그들의 불룩한 배, 이는 없는 자들의 슬픈 형벌이다.

풍요의 그림자

가히 풍요롭다. 먹거리까지 유행을 타고, 건강식품이 넘쳐난다. 사람들 주거공간은 커졌고, 차림새는 눈부시다. 길에는 온갖 자동차가 꼬리를 문다. 사우나, 찜질방, 황토방, 불가마라는 이름의 대형 목욕탕들이 즐비하다. 모두들 펑펑 물을 쓴다. 목욕탕마다 뜨거운 물이 도랑을 이루며 버려지고 있다. 자동차는 늘어나는데 길이 좁다고 아우성이다. 그래서 여기저기 길을 닦느라 법석이다. 물소비는 계속 느는데 댐 건설은 이를 따라가지 못한다고 호들갑이다. 나라살림을 맡은 사람들은 더 늦기 전에 댐을 세워야 한다고 거품을 문다. 얼마나 더 편해야, 얼마나 더 치장해야 이 땅에서 개발의 삽질이 멈출까. 그런 날이 과연 올까.

추억을 주우러 고향에 내려간 사람들은 몰라보게 변한 풍경에 놀라기 일쑤다. 뭔가 어설프고 왠지 낯설다. 길은 몰라보게 커졌고 대신 마을은 상대적으로 작아 보인다. 집은 그대로인데 길들만 넓어졌다. 추억이 서려 있는 언덕길, 새소리가 쏟아지던 숲길, 아버지가 삽을 메고 한가로이 돌아오던 사잇길은 몽땅 잘리고 파헤쳐지고 뭉개졌다. 가만히 시골마을을 둘러보면 온통 길 투성이다. 길이 마을을 빠져나간 것이 아니라 아예 마을이 길에 포위되어 있는 형국이다. 거의 모든 길은 시멘트로 포장됐다. 지금 시골길은 숨을 쉬지 못한다. 그래서 흙길이 사라진 마을에는 옛이야기가 살지 못한다.

댐을 아무리 많이 건설해도 늘어나는 인간과 그 인간들이 쏟아내는 욕망을 다 씻을 수 없다. 요즘 우리나라는 물소비 천국이다. 유엔은 한국을 이미 물부족국가로 지정했다. 그렇잖아도 물은 원래 귀했다. 옛날에는 아낙들이 물을 길어오는 것이 남정네가 나무를 해오는 것처럼 중요한 일거리였다. 물동이를 이고 집안으로 들어서는 어머니의 모습은 가장 정겨운 풍경이었다. 물항아리에 물이 그득하면 괜히 배가 불렀다. 세수하고, 그 물로 걸레 빨고, 또 그 물을 남새밭에 뿌렸다. 따지고보면 그리 오래된 일도 아니다.

지금은 아무 곳이나 구멍을 뚫어 물길을 찾는다. 조선시대에, 그전 고려시대에, 삼국시대에, 아니 그보다 더 먼 시대에 이 땅에 내려 저 땅속까지 스며들어 고이 잠겨있는 물…, 그 물을 찾아내 빨아먹는다. 무엄한 일이다.

우리는 편한 것에 길들여져 불편한 것에 대한 참을성을 잃은 지 오래되었다. 물이나 전기같은 자원을 아껴 쓰고 차량을 2부제나 5부제로 운영

길이 막혀 차들이 주저앉아 있군요.

급하면 돌아가라 했는데 자동차는 돌아갈 수도 없습니다.

큰길이 아니면 차는 달릴 수 없지요.

아무리 길을 넓혀도 늘어나는 차들을 모두 굴러가게 할 수는 없지요.

요즘에는 무슨 길들이 그리 많이 생겼는지요.

자고 나면 길이 뚫립니다.

대한민국은 날마다 지도가 바뀌는 셈이지요.

우리가 간직한 마음속의 지도가 간단하게 바뀝니다.

정읍시 신태인읍 장수동이라는 마을은

새 길이 생기면서 마을의 반이 싹둑 잘려나가게 됐습니다.

결국 마을이 없어지는거나 다름없죠.

그 마을의 이장인 우리 삼촌은 말세라서 그렇다고 했습니다.

말세에는 인간들이 사방으로 길들을 낸다고 합니다.

성경에 그렇게 나와 있답니다.

참으로 우리 모두는 달려만 갑니다.

도대체 어디로 가려는 걸까요?

하자는 캠페인은 금세 시들해져 버린다. 이대로 가다가는 전 국토는 도로로 토막나고 영험한 산들은 크고 작은 길들에 갇혀버릴 것이다. 자연에게 길은 구속이다. 주말마다 교통대란이 빚어지고 유명관광지는 매연에 뒤덮인다. 지금 우리 산하는 거대한 주차장으로 변해가고 있다.

석가모니는 "히말라야산이 모두 금이 되어도, 한 사람의 욕심을 채우지 못 하리"라고 가르쳤다. 도로에 차가 막힘없이 굴러가는 것은 다른 사람이 차를 끌고나오지 않았기 때문이다. 비싼 목욕탕에서 물벼락을 즐기는 사람은 사실 남의 몫을 빼앗아 쓰고 있는 셈이다.

나의 편함과 즐거움은 남의 불편함과 고통이 있어야 가능하다. 이 시대에 가장 큰 덕목은 절제와 고통나누기가 아닐까. 개발에는 한계가 있다. 정부 정책도 국민의 욕구만 따라가지 말 일이다. 욕구는 불만을 생산하고 불만은 욕구를 부른다. 끝없는 악순환이다. 이제 개발논리에 철학과 성찰이 깃들 때가 되었다.

길마다 차가 넘치고 강줄기는 말라가고 있다. 길도 강도 제대로 흐르지 못한다. 우리의 심성도 막히거나 말라가고 있다. 개발만이 능사가 아니다. 길을 넓히기보다 마음을 넓혀야 한다. 몸 씻기에 열중하기보다 마음을 씻어야 한다. 폼페이는 화산이 폭발하기 전에 이미 목욕탕 속에 빠져 허우적거렸다고 하지 않는가.

복제인간

지구촌에 다시 새 햇살이 파닥인다. 눈부시다. 어제와 같은 세상인데도 마음은 이렇듯 세상을 새롭게 한다. 그렇다고 변한 것은 없다. 많은 문제들을 새해로 끌고 왔다. 가만히 살펴보면 처음엔 천사의 얼굴로 다가왔던 것들이다. 그러나 악마의 발톱이 숨겨져 있었다. 인간이 발견하고 발명한 많은 것들이 되레 인간을 매질하고 떨게 만든다. 인간이 발명한 것 중 불과 함께 가장 위대하다는 '시간'도 결국 인간을 쉴 새 없이 찌른다. 그 시간에 인간은 늘 쫓겨 다닌다.

예수가 내려오신 성탄절, 그 다음날인 12월 26일 복제인간이 탄생했다고 한다. 외계인이 UFO(미확인 비행물체)를 타고 지구 상공을 날고 있다고 믿는 무리들의 주장이다. 그들은 복제기술이 인간을 질병 없는 세상으로 데려가 줄 것이라며 찬가를 부르지만 왠지 불길하다. 마침내 복제인간이 자연인들과 함께 이 지구상에서 호흡하는 시대가 도래했는가. 복제인간들이 그 아기를 최초의 복제인간으로 숭배하며 그날을 기리는 날이 머지않아 도래할까. 그걸 계산해둔 걸까, 아기 이름이 '이브'인 것도 심상치 않다.

체세포를 떼어내 복제한 아기는 실상 엄마와 유전적으로는 쌍둥이인 셈이다. 아니 쌍둥이보다 더 닮았단다. '또 다른 나'를 출산하는 것이다. '나'를 낳아 기르는 것이 미래에 어떤 상징일까? 인간복제회사 클로네이드를 설립한 클로드 보리옹은 2만 5천년 전에 외계인이 복제기술을 통해 지구상 인류를 창조했다고 주장한다. 그는 인류의 창시자인 외계인과 여섯 번이나 만났다고 한다. 그의 최종목표는 성인 복제인간을 탄생시키는 것이라고 한다. 이로써 인류의 고통이 사라진다고 했다. 고통없는 세상! 빵을 굽듯이 인간을 찍어내는 세상! 그런 세상을 우린 고통없이 받아들일 수 있을까. 무섭다. 과연 과학은 우리가 치열하게 완성한 종교와 철학과 천륜(天倫)과 인륜을 간단히 짓이겨놓을 것인가.

결합해야 탄생한다는 만고불변의 진리가 위협받고 있다. 생명 그 자체가 실험실 실린더에서 가쁜 숨을 쉬고 있다. 그 숱한 실험 중에서 우리 인간과 흡사한 괴물이 탄생하지 않으리란 법이 없다. 복제양 돌리의 화려한 탄생 이전에는 277번의 실패가 있었으며, 우리나라 복제소 영롱이도 1만 5천 번의 실패 끝에 탄생했다고 한다. 지금 지구 어딘가에서는 인간에 의해 만들어지고 버려진 돌연변이가 인간에게 복수의 칼을 가는 영화 같은, 만화같은 일이 벌어지고 있을지 모른다. 종교계는 "창조섭리에 도

전하는 영적 범죄"라며 경악을 금치 못한다.

만일 또다른 내가 탄생한다면 '생각'은 어떻게 되는 것일까? '기억'은 어떻게 될까? 재생이나 충전이 가능할까? 정신까지 복제된다면 나와 똑같은 사람이 나타나 나와 똑같은 생각으로 살아갈까? 훗날 복제기술이 보편화되어 무덤 속에서 인간을 일으켜 세운다면 나는?

본래 정신은 정보만으로 구성되어 있다고 주장하는 사람들이 있다. … 따라서 인간의 기억과 정신을 플로피디스크에 저장해두었다가 복제기술로 재생된 새로운 육체에 뇌의 기억을 주입시킬 수도 있다는 것이 이들의 주장이다. 이러한 주장의 기원은 프랑스의 철학자 데카르트로 거슬러 올라간다. 그는 정신과 육체의 이원론을 가장 강하게 주장한 철학자 중 한 사람이다. 그는 기계적이고 예측가능한 물질계와, 이런 세상에서 끊임없이 회의하고 의심하는 존재인 정신은 별개의 존재라고 믿었다. 그에게 있어 정신은 '기계적인 육체에 깃들인 유령(Ghost In The Shell)' 같은 존재였던 것이다.

정재승 지음, 『물리학자는 영화에서 과학을 본다』에서

넋이 영원히 육신을 떠나버리는 것을 우리네는 죽음으로 받아들였다. 바꿔 말하면 혼백과 육신이 같이 있으면 살아있음이다. 한국인들은 죽은 이의 넋을 귀신이라고 생각했다. 정신을 복제할 수 있다면 미래는 귀신까지 관리할 수 있다는 얘기다. 하지만 지금 당장 나와 똑같은 복제인간

1996년 7월 5일 오후 5시

영국 스코틀랜드 에든버러 교외의 작은 막사에서

복제 양 돌리가 탄생했습니다.

6년생 암양의 냉동 유방세포에서 복제된 돌리는

'암수 교배'라는 신의 법칙을 무시하고 세상에 나왔지요.

그리고 2003년 2월 폐질환 증세를 보여 도축되었습니다.

이른바 안락사라는 것이지요.

돌리는 조기 노화현상이 나타났고 퇴행성관절염을 앓았습니다.

태어나 줄곧 병마에 시달렸습니다.

20세기 말에 태어나 21세기 벽두에 숨을 거둔 돌리.

돌리의 어머니는 체세포를 떼 준 암양일까요, 과학자들일까요?

사랑을 받지 못하고 보호만을 받은 돌리,

그가 살다간 6년이 미래에 무엇을 잉태할까요?

이 나타나 내가 사랑한 사람과 뒹굴고, 내가 사귄 사람과 술 마시고, 나의 피붙이들과 얼굴을 비빈다면…. 그런 '또 다른 나'를 만난다면 무슨 얘기를 나눌 수 있을까. 나는 내 생을 짊어지고 들어간, 무덤 속에서 결코 나오고 싶지 않다.

■ 2003년 새해에 쓴 글이다. 양띠 해에 복제 양 돌리를 생각했다. 과연 느닷없이 태어난 돌리는 행복했을까?

사람 만세

햇살에 나이를 매기는 빛과 시간의 축제는 끝났다. 지난 세기를 탈없이 빠져나와 우리 이렇게 모였다. 하지만 왠지 허전하다. 지난 세기에서 우리는 어떤 유산을 가져왔는가. 우리가 믿는 건 정녕 무엇인가.

돌아보면 지난 20세기 한반도는 온통 만세소리로 뒤덮였다. 나라를 잃고서는 독립만세를 외쳤고, 해방이 되어서는 대한민국 만세를 불렀다. 6·10만세운동처럼 범국민적 만세 시위를 한 민족은 세상 어디에도 없으리라. 한국전쟁 때는 이 땅의 젊은이들이 남과 북으로 나뉘어 만세를 불렀다. 동족을 무찌르고 외쳤던 처절한 만세.

민주화를 외쳤던 숱한 시위에서도, 각종 기념식에서도 만세는 빠지지 않고 등장했다. 그래서 지난 세기의 만세는 우리에게 하나의 상징인지도 모른다. 감격할 것이 많은 만큼 하늘이 무너지고 땅이 솟는 격동의 세월이었다. 숱한 고비를 넘어왔음의 징표이다. 지난 세기 동안 우리만큼 만세를 많이 부른 백성도 없으리라. 그래서 20세기는 우리에게 '만세의 세기'였다. 눈물의 만세. 우리 민족처럼 눈물을 훔치며 한세기를 보낸 민족이 또 있을까.

그리고 그 만세를 21세기까지 끌고 왔다. 애국가에도 '우리나라 만세'가 들어있고 기쁜 일에는 어김없이 만세를 외친다. 하지만 요즘엔 교장선생님이 학생들 앞에서 떨리는 목소리로 만세삼창을 선창하지는 않는다. 만세소리가 자꾸 잦아들고 있다. 모여 만세 부를 기회가 점점 사라지고 있다. 이와 함께 울림도 사라지고 있다. 우리 사회가 점점 가벼워지고 있다.

텔레비전은 오락에 취해 한없이 가볍게 까분다. 학교는 속절없이 무너지고 아이들은 점점 버릇이 없어진다. 어른은 없고 늙음만이 있다. 진지함이 가벼움을 이기지 못한다. 재미만 있고 깊이가 없다. 개성이 없는 그만 그만한 크기의 삶, 감동은 없고 충격만이 판을 치고 있다.

세상이 무섭게 변하고 있다. 나라와 기업과 개인이 속도와 싸우고 있다. 그 속도전에 동참하기란 참으로 어렵다. 그리고 속도전에 동참할수록 우리는 그 빠름에 갇혀버리고 만다. 자세히 살펴보면 우리들의 일상생활은 문명의 이기(利器)를 통해 누군가에게 생중계되고 있다. 도청, 감청이 아니더라도 우리들의 사생활은 노출될 수밖에 없다. 휴대폰은 이미 사람에게서 안식을 뺏어갔다. 쉼없이 울려대는 휴대폰, 그 울려대는 횟수만큼 우리는 쉴 새 없이 쫓긴다. 늘 누군가에게 들키며 자신들이 깔아놓은 통

신망에 걸려 파닥거리는 사람들.

육체가, 그리고 정신이 정보에 오염되고 있다. 이제 무용(無用)한 정보는 습득 자체가 고통이다. 정보전이 열을 뿜을수록 사회는 점점 차가워지고 있다. 쪼개지고 또 쪼개져 이웃을 잃어가는 사람들. 이제 한곳에 모여 서로의 핏대와 분노를 섞는 시위도 옛이야기가 될지 모른다. 만세는 애국가 속에 박제되어 외침 아닌 노래로나 존재할지 모른다.

21세기 한국은 우리에게 무엇으로 다가올까. 가장 무서운 건 뭘까. 핵전쟁, 환경파괴, 기상이변, 운석충돌 등 우리 앞엔 숱한 위험이 도사리고 있다. 그러나 가장 무서운 재앙은 인간이 인간을 버리는 이기심과 무관심의 창궐이다. 우리 사회가 인간의 얼굴을 지울 때 21세기는 우리에게 악마의 얼굴로 다가올 것이다. 머리만 있고 가슴이 없는, 온기 없는 이성은 인간을 파괴하려 들 것이다. 사람냄새가 지워진, 나만 있고 우리가 없는 디지털사회는 생각만 해도 소름이 돋는다. 새삼 만세 부를 일 없는 세상의 풍요가 걱정스럽다. 손을 잡고, 가슴을 열고, 소리치고 싶다.

제 5 부

책 의 힘 , 책 의 꿈

존재의 되새김

일본작가 아베 코보가 쓴 『모래의 여자』를 다시 읽었다. 솔직히 20년 전쯤에는 황당한 상황을 말이 되게, 그것도 실감나게 엮어나간 작가의 솜씨에 반했는데 이번에는 그 울림이 사뭇 심각했다. 인간이 아주 작은 것에 무너진다는 것을, 인간 속에 또다른 인간이 존재한다는 것을 보여준다. 그 당시에는 유정(柳呈)씨가, 이번에는 김난주씨가 옮긴 책을 읽었다. 싸르륵 싸르륵 부서져서 강해지고, 어딘가에도 스며드는, 모래가 만들어낸 우화 같다. 내용은 비교적 단순하다.

학교 선생인 남자가 곤충채집을 하러 사구(砂丘)에 갔다. 세상에 알려지지 않은 곤충을 발견하여 세상에 이름을 남기고 싶었다. 곤충은 보이지 않고 이내 해가 저물자 어떤 늙은이의 안내로 하루 쉬어갈 집을 찾게 되었다. 남자는 새끼줄 사다리를 타고 모래구멍을 내려갔다. 그리고 꼼짝없이 갇혀버렸다. 마을사람들이 사다리를 치웠기 때문이다. 그 집은 하루 쉬어갈 곳이 아니라 인생을 파묻을 감옥이었다. 모래의 집에는 여자가 혼자 살고 있었다. 모래의 집이 파묻히지 않도록 남자는 매일 모래를 치워야 했다. 삽질, 삽질…. 할 일은 삽질뿐이었고 삽질이 곧 생존이었다. 남자는 모래구덩이를 빠져나가려고 별꾀를 다 냈고 별짓을 다 했다. 그러나 모두 실패했다. 한번은 구덩이 탈출에는 성공했지만 도망치다 온몸이 가라앉는 모래수렁에 빠져버렸다. 남자는 살려달라고 울부짖었다. 그런 그를 마을사람들이 구해줬다.

결국 여자와 살을 섞고 여자는 임신을 한다. 그러나 여자는 두 달만에 피를 흘리고 쓰러진다. 마을사람들이 새끼줄 사다리를 내려 보내 여자를 데려갔다. 구덩이를 떠나면서 여자는 눈물을 흘리며 남자를 애원하듯 쳐다봤다. 새끼줄 사다리는 여전히 매달려 있었다. 남자는 그 사다리로 모래구덩이를 빠져나왔다. 마침내 원하는 자유를 찾았다. 그러나 그 자유에는 여러가지가 묻어 있었다. 그는 도망치지 않았다. '딱히 서둘러 도망칠 필요는 없다' 며 모래의 집으로 돌아간다. … 고향사람들은 7년 동안 돌아오지 않는 남자를 실종신고했고 법원의 판결로 남자는 세상에서 지워졌다. 그러나 남자는 모래마을에서 모래의 여자랑 살고 있었다. 모래를 치우며.

삶도 끊임없이 무엇인가를 치우는 것이다. 따지고보면 주어진 하루치의 짐을 치워야만 우리는 잠들 수 있다. 일감이 끊임없이 밀려들고 그걸 치우지 못하면 일감더미에 깔린다. 우리 삶에도 '모래' 는 끊임없이 흘러들어와 쌓인다. 그 모래는 짐이며 폭력이며 터전이며 존재의 이유이다. "이렇게 살아선 안 되지" "어쩌다 천하의 내가 이지경이 됐나" "진정한 나를 찾아 떠나야지." 하지만 마음뿐 우리는 수없이 절망하고, 그 절망에 다시 절망하며 살아간다.

그러다가 어느덧 나를 둘러싸고 있는 사람과 사물은 나의 일부가 되고, 나의 삶이 되고, 나의 세상이 된다.

멀리서 보면 누구나 모래구덩이에 갇혀 산다. 평생을 농촌에서 보낸 사람은 논과 밭이, 평생을 한 직장에서 보낸 사람은 사무실이, 평생을 연구에 몰두한 사람은 실험실이 '징그러운 구덩이' 이다. 그러나 모두 탈출을 꿈꾸지만 내심 탈출을 두려워하고 있다. 더 넓은 세계로, 미지의 땅으로 도망갈 기회가 주어지더라도 우리는 '딱히 서둘러 도망칠 필요는 없다'고 늘 주저앉고 있는 게 아닌가.

곤충을 잡으러 간 남자가 마침내 지구에서 처음으로 진귀한 곤충을 채집하여 이름을 날렸다 치자. 하지만 세월이 지나면 그는 사라지고 곤충만이 남는다. 존재하지 않으면 이름은 허물일 뿐, 떠났는데 사람들에게 기억되어 무엇 하리. 결국은 모래에 묻힐 뿐, 우리 모두는 모래의 집에 산다. 날마다 모래를 치우며, 날마다 누군가는 실종되고.

날마다 반복되는 일상이, 곁에 있는 하찮은 것들이 나를 존재하게 한다. 우리가 일탈을 꿈꿀수록 우리를 잡아두려는 힘 또한 만만찮다. 우리가 철석같이 믿었던 사랑이나 우정도 세월가면 한갓 바람에 날릴 정도이니 하찮은 것이 무엇이고 귀한 것이 무엇이랴. 하루살이의 삶이나 천년을 사는 은행나무의 삶도 길이는 다를지 모르지만 결국은 같다. 함께 우주 안에 있기에.

모래는 어디서 날아오는가요.

어떤 모양이었는데 저토록 잘게 그리고 곱게 부서졌는지요.

고뇌의 파편은 아닌지,

생각의 조각은 아닌지 모르겠습니다.

우리도 끊임없이 날립니다.

그래서 어딘가에 쌓입니다.

최명희와 『혼불』

작가 최명희. 어느날 세상에 떨어졌다가 52년간을 머문 후 홀연 세상을 떴다. 아무것도 남기지 않았다. 다만 너무나 곱고 맑고 슬프기에 대하예술소설이라 이름붙인 『혼불』만을 남겼다. 『혼불』을 읽으면 아프다. 작가의 온몸을 돌아 나온 언어들은 언제 읽어도 시퍼렇게 살아있다. 귀기(鬼氣)가 느껴진다. 가슴속이 아릿하다. 꾹 누르면 핏물이 배어나올 것 같다. 동천(冬天)에서 한기(寒氣)가 쏟아지고, 팍팍한 황톳길이 아득히 펼쳐지고, 처연한 노을자락이 들과 마을과 삶을 덮는다.

『혼불』은 일제시대 남원지방을 배경으로 종가를 지키는 여인 3대의 삶을 추적했다. 그의 글쓰기는 실로 무서웠다. 이런 일화가 있다. 8월 한여름인데 소설에서는 한겨울이었다. 그는 겨울풍경을 재현해내려 새벽에 일어나 어둠이 채 빠지지 않은 허공을 응시했다. 한여름에 '여름'을 몰아내는 기싸움은 3일 동안 계속되었다. 이윽고 온몸에 소름이 돋고 한기가 느껴졌다. 잎 떨군 나무, 빈 들녘, 웅크린 마을…. 눈앞에 겨울풍경이 펼쳐졌다. 그는 한기에 몸을 떨며 글을 썼단다. 사람들은 그를 신들린 작가라 했다. 그 정치(精緻)함, 그 치열함, 그 준열함에 몸을 떨었다.

정신의 끌로 피를 묻혀가며 새기는 처절한 기호
미싱으로 박은 이야기가 아니라 수바늘로 한땀 한땀 뜬 이야기
옹골찬 여인들의 한많은 삶이 다져낸 넋의 아름다움
우리 겨레의 풀뿌리 숨결과 삶의 결을 드러내는 풍속사
이 땅의 '이야기' 역사가 오늘에 간직할 생명의 불꽃

이런 찬사들을 뒤로 하고 그는 담담히 사라졌다. 그의 마지막 가는 모습은 꽃처럼 고왔단다. 동생은 "언니 얼굴이 생전의 어느 때보다 예뻤다"고 했다. 나는 감히 고인을 불러내어 이야기를 나눴다.

— 절 기억하실지…, 생전에 뵈었지요? 저승이란 말은 좀 그렇고…, 그쪽 생활은 어떠신지?
"『혼불』 속의 인물들을 하나씩 불러내 만나봅니다. 『혼불』 속의 인물들은 아직도 살아있는데 나만 너무 일찍 떠나왔구나 하는 생각도 듭니다. 가끔 남원에도 들릅니다."

－『혼불』만을 쓰고 떠난 이승살이가 억울하지 않나요?
"글 쓰지 않는 사람들이 너무 부러웠어요. 글 쓰는 것은 고통 그 자체였지요. 한데 돌아보니 고통의 축제 같군요. 억울하진 않았어요."

－ 왜 그렇게 세시풍속, 관혼상제, 무속신앙 등을 재현하려 애썼나요?
"근원에 대한 그리움이었어요. 내가 보듬지 않으면 사라질 것 같았거든요. 세상에 내가 왜 내려왔는지에 대한 원초적인 물음이기도 하고요."

－『혼불』은 완성되지 않았는데 아쉽지 않나요?
"아쉽지요. 그러나 신은 제게 더 많은 것을 허락하지 않았습니다. 또한 더 이상 창작의 고통을 내린다는 것이 잔인하다고 여긴 모양입니다. 욕심은 있었지만 내 체력으로는 감당하기 어려웠지요. 『혼불』을 좇다보니 내 안의 혼불이 나가는 것을 몰랐다고나 할까."

－『혼불』에는 신이 내렸다고 하는데….
"글을 쓰며 많이 절망했어요. 재주 없음이 서러웠지요. 창작을 한다는 것은 바위에 손가락으로 글씨를 새겨 넣는, 그런 느낌이었어요. 그래서 최선을 다했지요. 늘 거짓 아닌 글을 쓰게 해달라고 기도했지요. 그 기도에 가끔 응답을 주신 것 같아요."

– 소설 속의 어떤 인물이 가장 마음에 듭니까?

"모두 제가 키웠습니다. 모두가 그 자리에 존재해야 하고 존재할 수밖에 없는 인물들이지요. 춘복이, 옹구네 맘속에 들어있는 악(惡)도 어쩌면 우리네 삶의 무늬 같은 것이 아닐는지요."

차지고 구성지고 결이 고와 도저히 외국어로는 옮길 수 없는 소설, 소리 내어 읽으면 판소리가 되는 소설, 주술적 힘과 신비로운 기운이 감도는 소설. 작가 최명희는 17년간 『혼불』만을 쓰고 생을 버렸다. 한번도 문단의 패거리에 끼거나 문명(文名)을 팔지 않았다. 홀로 우리 것을 일으켜 세우고 생명을 불어넣었다. 그는 숨을 거두기 전, 창작노트에 마지막 글을 남겼다.

아름다운 이 세상, 잘 살고 갑니다.

"어둠은 결코 빛보다 어둡지 않습니다."

작가 최명희는 지상에서의 그믐은 지하에서는 보름이라고 믿었습니다.

어둠의 무게나 빛의 무게가 똑같고,

하늘로 뻗은 나무 가지만큼 땅 밑으로도 뿌리가 똑같이 뻗어 내린다는 것이지요.

아픔이나 슬픔도 괜히 생겨나는 것이 아니고

아픈 만큼 슬픈 만큼 그것들이 자신을 매질해 단단히 키운다고 생각했습니다.

그래서 그에게 아픔이나 슬픔은 또다른 힘이었습니다.

그는 이런 모든 힘을 작품 속에 쏟아내고는 세상을 떴습니다

남자는 볼수록 초라하다

『남자 - 지구에서 가장 특이한 종족』 속의 남자 탐험

문명의 덫에 걸려 파닥거리는 남성들. 그들은 누구인가. 지은이 슈바니츠는 '남자의 나라'가 이 책의 주제라고 말한다. 과거에는 막강했던 남성제국의 역사를 얘기하며 그 나라가 왜 몰락했는지를 설명한다. 그리고 여성 독자들에게는 남자들의 부조리한 모습을 용납해달라고 부탁한다.

까마득한 옛날부터 전래돼 왔지만 오늘날에는 낯설게만 느껴지는 남자나라의 풍속, 관습, 제도를 알게 되면 여성 독자들도 이해하게 될 것이라고 읍소한다. 남자에 대해 알아야 할 거의 모든 것이 담겨 있다고 장담한다. 가히 허풍이 아니다. 인용은 방대하고 은유는 빼어나다. 고품격의 유머도 있다. 여덟 개의 장으로 나눠진 일종의 '남자 탐험'. 한심한 종족으로 추락한 남자들의 실체를 지은이의 눈으로 살펴본다.

문명의 세계에서 남자란 누구?

실상 문명은 여자가 고안한 것이다. 문명의 본래 목표는 남자를 길들이는 데 있었다. 언제부터인가 인류는 문명이라는 팻말을 내건 평화구역 하나를 만들었다. 그 수단은 섹스. 바로 이것이 남자를 이분화시켰고 두 얼굴을 가지게 했다. 남자는 외부세계, 즉 적들에 대해서는 강한 투사이고 야만적이어야 했다. 그러나 내부세계, 즉 원하는 여자에게는 유순하고 사랑스런 존재여야 했다. 문명의 발달은 남자가 점점 길들어감을 의미한다.

힘든 막일은 기계가 맡아서 해결하는 사회, 여자의 미덕인 의사소통 능력이 요구되는 이 행복한 사회에서는 남성적인 것이 설득력을 잃게 됐다. 과거에 남자가 조달했던 재화를 국가가 책임지는 사회에서 여자들은 스스로에게 묻는다. '왜 내가 저 남자와 살아야 하는가?' 남편은 뜯어볼수록 초라하다. 털로 뒤덮인 산적 같은 모습이 역겨워진다. 게걸스런 식습관, 숨막힐 듯한 땀냄새, 상스럽고 요란한 걸음걸이, 수준 미달의 의사소통 능력, 절망에 빠지게 하는 고집, 역겨운 고함소리, 괴물 같은 성기, 구역질나는 입냄새.

여자의 욕구에 맞춰 남자는 부지런히 변신을 해야 한다. 여자의 사회적 신분은 그가 소유한 남성에 의해 결정된다. 신데렐라 모티브는 동화 속의 왕자를 통해 현대에도 여전히 살아있다. 클린턴 대통령의 성추문은 신데렐라를 꿈꾸는 모니카 르윈스키의 저돌적 공격을 막아낼 능력(이성)이 없었기에 일어났다. 그녀가 그를 하늘처럼 바라보고 찬양하는 순간, 그는 자신을 왕자라고 여겼다.

권력은 여자에게 최음제처럼 작용한다. 여자는 남자를 경쟁사회로 내몬다. 이제 남자는 선택을 받기 위해 사방으로 찾아다녀야 한다. 여자를 얻기 위해 싸워야 한다. 피임약은 급기야 여자들의 정조관념을 집밖으로 내몰았다. 남성들의 마지막 무기인 임신시킬 권리마저 사실상 낙태권을 쟁취하여 무력화시켰다. 완전한 독립을 눈앞에 두고 있다.

우리는 이제 가정이 해체되는 위기를 맞고 있다. 가정해체 위기는 곧 남성의 위기. 아버지의 역할은 사회보조금, 양육보조비 등 국가기관의 후견업무가 대신한다. 여자들은 어머니라는 직업으로 종족 재생산에 대해 보수를 받아야 한다고 주장한다. 가정을 지켰던 징표 내지 중요한 증여물들이 하나 둘 사라져간다.

과거에는 남녀관계 혹은 가정에 평화를 가져다주던 섹스도 더 이상 위력을 발휘하지 못한다. 섹스는 과거엔 남자의 자산이었으나 이제는 너무 흔하다. 오늘날 섹스는 효과가 더욱 센 마약을 복용하게 만드는 미약한 환각제처럼 되었다. 아버지로서 가정에 충실한 것에 대한 보상으로 주어졌던 섹스 개념은 물건너갔다. 현대사회의 남자들, 그들은 누구이며 할 일은 무엇이며 어디에 서있어야 하는가?

남자는 만들어진다. 그래서 허약하다?

남자라는 존재는 아주 불안한 생활감정을 지닌 특별한 종족으로서, 그 구성원들은 늘 자기 존재를 입증해야 하는 곤경에 처해 있다. 남자는 인위적이고 여자는 자연적이다. 즉 여자는 태어날 때부터 여자이고 남자는 추후에 남자로 만들어진다. 여자는 어떤 일을 덧붙이지 않아도 여자 그 자체이다. 그러나 남자는 사회적으로 조직된 통과의례를 거쳐야 비로소 남자가 된다. 동서양에 널리 퍼져 있는 성인의식이 한 예이다. 남자들은 영웅적으로 행동해야 할 처지에 곧잘 놓인다. 그 영웅적 행동의 크기에 비례하여 불안감도 커진다.

남자는 깨지기 쉬운 정체성을 가지고 있다. 자신이 충분히 남성적이지 못할 수도 있다는 의구심으로 고통받고 있다. 거침없이 행동할수록 그의 심리상태는 그만큼 불안하다. 오만방자하게 행동할수록 그의 자아 신뢰감은 그만큼 더 많이 흔들리고 있다. 이 두려움에서 벗어나기 위해 자신이 남자임을 확증할 수 있는 혹독한 의식을 주기적으로 치뤄야 한다.

자라나는 공포나 불안감을 없애기 위해서는 예민한 감정을 무디게 만들어야 한다. 자신의 감정과 기분의 동요를 무시해야 한다. 남자의 영역은 외부세계다. 거기서 행복을 느낀다. 남자들은 객관적인 것을 선호한다. 그래서 취미를 갖는다. 취미는 내면세계로부터 도주하여 자신의 작은 나라를 경영할 수 있다. 그러나 여자는 취미를 갖고 싶어 하지 않는다. 여자는 자신의 내면세계가 있기 때문이다. 이 내면세계는 대화, 독서, 영화와 판타지물의 소비를 통해서 키워진다. 그래서 남자는 항상 여자의 알몸을 보고 싶어 하는 반면에 여자는 항상 남자의 벌거벗은 영혼을 보고 싶어 한다.

사랑과 갈등의 정체

남자는 여자를 정복하지만 여자는 그 남자의 주인이 된다. 사랑은 여자가 지배하는 영역 속으로 남자가 몸을 던지는 시간이기도 하다. 달리 말하면 사랑은 여자가 정권을 잡는 시간이다. 이제 남자는 여자에게 충성을 바친다. 여자의 발밑에 엎드려 아양을 떤다. 여자의 몸은 아름다운 것으로 묘사되며 성역처럼 숭배받는다.

사랑과 마찬가지로 갈등도 저 혼자 생겨 이륙한다. 그리고 사랑처럼 눈을 멀게 한다. 쌍방간의 평가절하 경쟁이다. 갈등은 사랑의 시체를 뜯어먹으며 살을 찌운다. 사랑과 갈등은 그렇게 대칭적인 의사소통의 두 형식이다.

남자는 평생의 동반자를 얻고도 그녀에게 잠재적 위협을 느낀다. 항상 신경 쓰이는 존재이다. 버림받을 수도 버릴 수도 있다. 남자는 불신의 눈으로 그녀를 추적한다. 그리고 일생 동안 감시한다. 어언 남자는 독재자가 된다. 남자의 세계에서는 묵중한 갈등이 정상적이듯이, 여자에게는 갈등회피적 게릴라전이 정상적이다. 여자가 대규모 전쟁에서 속수무책이듯이, 남자는 게릴라전에서 사실상 속수무책이다. 그러나 남녀관계에서 전면전이란 흔치 않다. 그래서 남자들은 여인들의 게릴라전에 속절없이 무너지고 있다.

매일 조금씩…

보디빌더들이 근육질 몸매를 뽐내고 있습니다.

'남자는 인위적이고 여자는 자연적'이라는 말이 떠오릅니다.

여자는 태어난 그 자체로 매력을 발산하지만

남자들은 늘 자신을 가꾸어 여자의 호감을 얻어야 합니다.

사랑은 여자가 지배하는 영역 속으로 남자가 몸을 던지는 시간이랍니다.

저렇듯 아름다운 몸매를 가꾸기 위해서는 '살을 깎는 아픔'을 견뎌야 했을 겁니다.

남자는 세상에서 가장 깨지기 쉽고,

가장 고단한 존재랍니다.

그래도 읽자, 즐겁게

간혹 책장을 찬찬히 뜯어보면 한숨이 나온다. 처음엔 지적 호기심에서 산 책들이 먼지를 둘러쓰고 나를 빤히 쳐다보고 있다. 흡사 읽지도 않으려면서 무엇하러 샀느냐고 묻는 듯하다. 지적 허영심이 아니냐고 따지는 듯하다. 처음 책을 살 때의 의욕은 어디로 빠져나갔는가. 어떻게 살았기에 책 읽을 여유조차도 없었단 말인가. 부끄럽기도 하고 미욱한 자신에 대해 화가 치민다. 정도의 차이는 있을지라도 많은 사람들이 자신의 책장을 바라보며 비슷한 생각을 했을 것이다.

또 한가지는 분명히 읽은 책인데도 그 내용이 전혀 기억나지 않을 때가 있다. 이 또한 얼마나 허망하고 얼마나 억울한가. 밤새워 책을 읽고 새벽을 맞을 때의 그 벅찬 감동은 어디로 흘러가 버렸는가. 작품 속의 수많은 주인공도 이제 기억 속에는 몇 명 남아있지 않다. 특히 세계문학전집 속의 외국이름들은 거의 지워졌다.

러시아나 동유럽쪽 문학작품에 등장하는 인물들의 이름은 얼마나 길고 생소했는가. 그래도 젊은 날 우리는 그 이름들을 잘도 외웠다. 그러나 그 이름들이 도무지 기억나지 않는다. 이 얼마나 황당한 일인가. 이 건망증이 참담하기까지 하다.

유아기, 청년기, 장년기를 거치며 우리는 숱한 책들을 읽었다. 동화, 시, 소설, 에세이, 전기류, 인문서, 비평집 등을 읽는 데 얼마나 많은 시간을 투자했는가. 그런데 그런 책들이 기억 속에 남아있지 않다니 실로 가슴을 칠 일이다. 그러면서도 우리는 책을 읽어야 한다고 자신에게 얼마나 닦달을 했는지.

중년 이후의 사람들에게 "당신의 인생행로를 바꾼 책 한권을 소개하고 그 내용과 이유를 대라"고 하면 자신있게 나설 사람이 많지 않을 듯 싶다. 아무리 자신을 움직인 책이라도 다시 그 책을 읽기 전에는 그 내용을 훤히 꿸 수 있는 사람이 많지 않을 것이기 때문이다. 이제 독서는 흡사 그 내용을 잊기 위해 책을 읽는 것 같다. 몇 쪽만 읽어도 앞 쪽의 내용이 생각나지 않아 다시 읽어야 한다. 책읽기를 마쳤을 때도 전체의 내용이 선연하게 떠오르지 않는다. 이 건망증은 얼마나 황당한가.

그러면서도 우리는 계속 책을 읽어야 하는가. '사람은 책을 만들고 책은 사람이 만든다'는 경구는 유효한가. 대답은 여전히 독서는 마음의 양식이며 생각의 등불이라는 것이다.

파트리크 쥐스킨트는 에세이 「문학적 건망증」에서 책읽기의 허망함을 통탄한다. 하지만 그는 이 건망증이 글을 쓰는 사람에게는 축복이며 거의 필수적인 조건이라고 말한다. 그 많은 내용을 다 외우고 있다는 것은 불가능한 일이며 어떤 책에 집착하면 표절 같은 다른 부작용이 생길 우려가 있다는 것이다.

독서는 서서히 스며드는 활동일 수 있다. 의식 깊이 빨려들긴 하지만 눈에 띄지 않게 서서히 용해되기 때문에 과정을 몸으로 느낄 수 없을지도 모른다. 그러므로 문학의 건망증으로 고생하는 독자는 독서를 통해 변화하면서도, 독서하는 동안 자신이 변하고 있다는 것을 말해줄 수 있는 두뇌의 비판 중추가 함께 변하기 때문에 그것을 깨닫지 못하는 것이다.

맞다. 독서를 하면 책 속에서 얻은 울림이나 깨달음이 의식 깊숙한 곳에 저장이 된다.
세월이 지나 줄거리와 그 속의 이름, 극단적으로 지은이나 책의 이름까지 지워졌어도 걱정할 일이 아니다. 책 속에서 얻은 것들은 차곡차곡 층을 이루어 쌓여있고, 흡사 빗물을 맑은 샘물로 걸러주는 지층처럼 우리 생각을 걸러준다. 우리는 분명 줄거리를 습득하고 이름을 외우려고 독서를 하지는 않는다. 또한 지적 허영심을 충족시키려 독서를 하지도 않을 것이다. 책 속에는 우리가 미처 생각하지 못했던 진실이나 지식이 담겨있듯이 그걸 저장하는 내면의 창고도 우리가 모르는 곳에 있다. 그러기에 독서도 편식은 바람직하지 않다. 골고루 섭취해야 균형감각이 돋아나고 우리의 생각도 치우침이 없어질 것이다. 강박관념을 버리고 즐겁게 읽어라. 책은 다시 태어난다. 우리도 모르게 의식 깊은 곳에서.

책이 있는 풍경은 늘 넉넉합니다.

손때 묻은 책이 책장 속에 진열되어 있으면

그것들이 흡사 삶의 동반자 같다는 생각이 듭니다.

하지만 우리에게는 보이지 않는 책장도 있습니다.

방안의 책장처럼 우리 몸 어딘가에도 똑같은 책장이 들어서 있을 겁니다.

방안의 책장에는 모든 책을 꽂을 수 있지만

몸안의 책장에는 읽은 책만 꽂혀있을 겁니다.

'잃어버림'을 준비하라

『중년 이후』의 향기

어느날 문득 거울을 보니 '나'는 없고 중늙은이 하나가 자신을 물끄러미 바라본다. 그동안 내가 끌고 온 삶은 어디에 있는가. 젊은 날 그 푸르디 푸르던 꿈들은 다 어디로 흘러갔는가. 국군 아저씨께 위문편지 쓰던 시절이 엊그제 같은데 중년이 되어버린 사람들. 그렇다, 우리는 서서히 늙지 않고 어느날 갑자기 늙는다.

자식 뒷바라지는 다 끝나지 않았고, 늙은 부모님을 모셔야 하고, 삶의 현장에서는 치열하게 경쟁을 해야 한다. 기억력은 감퇴하고 힘은 쇠퇴한다. 몸은 망가지고 아픈 데는 자꾸 생겨난다. 그리고 자신의 행동반경이나 사색의 영역 속에 들어와 있던 사람들이 하나 둘 세상을 뜬다. 인생을 관조하기에는 이르고 새 삶을 시작하기에는 늦었다. 둘러봐도 자신을 보호할 바람막이는 없다. 주위에는 모두가 받들고 보살펴야 하는 무리만 있다.

30대 후반에 접어들면 우리는 중년에 편입된다. 물론 본인은 동의를 안할 수도 있다. 영원한 청년이라고 생각하는 사람도 있을 것이다. 그러나 나이는 모두에게 세월 앞에 굴복할 것을 강요한다. 그렇다면 중년의 끝은 어디일까. 보통은 50대까지일 것이다. 하지만 이는 자신을 어떻게 가꾸느냐에 따라 달라질 것이다.

이렇듯 중년은 위기의 시간이며 일생 중 가장 고단한 시기이다. 이런 중년을 따스하게 보듬는 책이 『중년 이후』(오경순 옮김/리수)이다. 지은이 소노 아야코는 중년 이후에야 비로소 진정한 인생이 펼쳐진다고 얘기한다. 체력지수는 하강하고 정신지수는 상승하는데 그 두 선이 어디에선가 만나는 교차점이 중년의 시작이며, 그때 인간은 육체의 쇠퇴와 더불어 인생의 본질을 발견하는 재능이 솟아난다고 했다. 이를테면 정신적 개안(開眼)인 것이다.

덕을 갖추고 자신에게 임격하라

중년 이후 외모는 형편없다. 삼단 복부, 이중 턱, 구부정한 등, 흰 머리, 빛나는 대머리, 늘어진 피부, 처지는 눈꺼풀 등. 그래도 말년을 앞에 둔 이들이 다른 사람에게 향기를 나눠줄 수 있는 것은 덕(德)이 있기 때문이다. 덕은 갑자기 생기는 것이 아니라 살아가면서 쌓이는 것이다. 사랑이 인간을 구제한다고 한다. 그러나 미움과 절망이 인간을 구제할 수도 있다. 중년의 연륜은 미움과 절망까지도 품을 수 있다. 성실하게 살면 이해도, 지식도, 지혜도, 사려분별력도 자신의 나이만큼 쌓인다. 그런 것들이 쌓여 후덕한 인품이 완성된다. 중년이란 이 세상에 신도 악마도 없는, 단지 인간 그 자체만이 존재한다는 사실을 깨닫게 되는 시간이다. 그래서 젊은 날의 만용조차 둥글둥글해지고 인간을 보는 눈은 따스해진다.

이러한 덕목을 갖추려면 스스로에게 엄격해야 한다. 자신에게 견고한 재갈을 물리고, 삶의 속도를 조절해야 한다. 시간은 인간에게 성실할 것을 요구한다. 잉여(剩餘) 시간은 존재하지 않는다. 시간을 자신의 것으로 만들기 위한 정신적, 육체적 노력 없이는 시간을 차지할 수 없다. 그래서 중년에게 시간은 두렵고 잔혹한 것이다.

마음 비워라, 미완성에 감사하라

중년 이후에는 '진격'보다는 '철수'를 준비해야 한다. 물러설 때를 늘 염두에 두며 살아야 한다. 자리에 연연해서는 안 된다. 지은이는 그런 행위는 공해(公害) 아닌 후해(後害)라고 일갈한다. 집착이란 보이지 않는 일종의 병이다. 그래서 자신과 관계있는 조직에 너무 애착을 갖지 말라고 충고한다. 애착은 곧 권력을 갖고 싶은 유혹에 빠지게 하고, 마침내 인사에 관여하게 만든다. 그리고 그 힘을 주위에 과시하려 하게 된다.

오래 살게 되면 얻는 것도 있겠지만 잃어버리는 것이 더 많다. 따라서

'잃어버림'을 준비하라고 조언한다. 그것은 잃지 않기 위해 노력하라는 말이 아니라 순수하게 잃어버림을 받아들이라는 말이다. 주변의 사람도, 재물도 그리고 의욕도 자신을 떠나간다. 이것이 중년 이후의 숙명이다. 인간은 조금씩 비우다 결국 아무것도 남아있지 않을 때 세상을 뜨는 게 아닐까. 말석에 앉으면 세상이 제대로 보인다고 한다.

지은이는 또 너무 젊은 나이에 많은 것을 얻으면 중년 이후는 따분하고 무료하니, 더딘 인생을 탓하지 말라고 했다. 완성이 늦을수록 성취감은 숙성되어 그 맛이 그윽하다고 한다. 더딘 삶, 미완성을 다행으로 여겨라. 나아가 감사하라. '늦게 됨'은 축복이다.

헐고 닳은 구두입니다.

그러나 왠지 넉넉해 보입니다.

애잔한 느낌도 들지요,

그래도 새 구두보다는 정겹지요?

바로 중년의 모습입니다.

외모는 망가졌지만 자신이 끌고 온 삶은 결코 간단하지 않았습니다.

저 구두의 주인은 열심히 살았을 겁니다.

부모님 모시고, 아이들 키우고, 자신을 채찍질하며….

저 구두를 낡았다고 어떤 누가 손가락질 하겠습니까.

자신의 발에 길들여졌고

아무 데나 부담없이 신고갈 수 있으니 얼마나 편합니까.

구겨짐이 아름답습니다.

숫자의 무한 팽창

『숫자의 횡포』 - 그 계량화된 세상

주민등록번호, 차량번호, 전화번호, 군번, 통장번호, 컴퓨터 비밀번호, 주가, 복권번호, 수험번호, 접수번호, 대기번호….

인간은 숫자에 둘러싸여 있다. 아니 숫자의 포로가 되어 있다. 우리는 한 인간을 몇 살이고, 연봉은 얼마이며, 몇 평의 아파트에 살고, 자녀는 몇 명이고, 예금액은 얼마인가로 간단하게 파악할 수 있다. 즉 숫자만 바꿔 집어넣으면 어떤 인간도 계량화가 가능하다. 또 어떤 사람이 명예훼손이나 성희롱을 당했다면 그 수치심이나 모멸감 같은 것도 측량해버린다. 법관이 감정을 계량화시켜 배상금을 정한다. 이 액수가 결국 명예훼손이나 성희롱을 한 죄의 무게이다. 우리 인간은 모든 것을 계량화하기 위해 안달이다. 그래서 끊임없이 잣대(측정치)를 생산해내고 있다. 수치화할 수 없는 것은 믿지 못한다. 숫자는 국제적 도구이며 언어이다. 경계도 없고 믿음도 없는 세계에서 모든 것은 숫자로 번역되어야 안심을 한다.

현대인은 막연함을 참지 못한다. 기어이 비올 확률까지 숫자로 대체시켰다.「숫자의 횡포」는 이렇듯 모든 것을 숫자 속에 가두고, 해부하고, 그걸 다시 객관화시키는 숫자에 대한 맹신을 가만가만 짚어본다. 그리고 모든 걸 수치화하는 과정에서 행복, 상상력, 창의력 등은 다치거나 함몰해야만 하는 숫자들의 반란 또는 횡포를 살폈다.

최대 다수의 최대 행복을 추구했던 제러미 벤담, 정책에 통계와 측량의 개념을 도입한 에드윈 채드윅, 런던 시민의 빈곤도를 숫자와 색깔로 표시하여 사회복지의 큰 획을 그은 찰스 부스, 국가회계라는 숫자정책을 마련한 존 메이나드 케인즈, 환경보호를 위해 환경비용을 숫자로 표시한 데이비드 피어스 등의 삶과 생각을 더듬어 숫자로 점차 측량화 되어가는 세상과 그 속의 반문명을 찾아냈다.

현대인은 사물을 있는 그대로 놔두지 않는다. 그걸 측정하여 숫자로 고정시켜버린다. 그리고 점차 숫자는 본질을 왜곡시킨다. 홀로코스트(2차대전 중의 유대인 대학살)의 전체적인 의미는 희생자 '6,000,000명' 이라는 숫자 속에 실종되어 버린다. 6백만 명이 똑같은 크기의 비명으로 똑같은 길이의 고통으로 숨져가지는 않았을 것이다. 베이브 루스나 행크 아론의 홈런 수는 당시의 여건이나 개인의 피땀어린 노력 등은 고려하지 않는다. 다만 기록은 깨질 때의 환호뿐이다. 숫자는 비정하며 획일적이다.

숫자가 인간의 생활에 횡포를 부리기 시작한 것은 언제쯤일까. 지은이

데이비드 보일은 영국이라는 섬이 유럽대륙으로부터 아직 분리되기 전인 기원전 15,000년부터라고 말한다. 피타고라스는 우주가 생겨나기 전에 이미 숫자가 존재했다고 주장했고, 그 추종자들은 숫자가 세상을 지배한다고 믿었다. 물론 숫자는 세상에 질서를 부여하고 문명의 발전을 가속화시켰다. 하지만 인간은 다시 그 숫자와 숫자가 만든 문명에 쫓기는 신세가 된다. 저자가 제시한 계산의 역설(역기능)을 살펴보자.

1. 사람은 셀 수 있지만 개인은 세지 못한다. 대량생산과 '평균'을 원하는 사회에서는 개인을 포용할 공간이 없다.
2. 수치에만 집착하면 엉뚱한(나쁜) 결과가 나온다.
3. 숫자는 믿음을 대체해버리고 계산을 더욱 믿지 못할 것으로 만든다.
4. 숫자가 안통하면 우리는 더 많은 숫자를 수집한다.
5. 계산을 하면 할수록 점점 더 모르게 된다.
6. 우리가 정확하게 계산할수록 숫자는 더욱 못미더운 것이 된다.
7. 세면 셀수록 수치를 비교할 수 없게 된다.
8. 측정치는 그 자체의 기괴한 생명력을 갖는다.
9. 사물을 헤아리기 시작하면 상황은 더 나빠진다.
10. 대상이 복잡 미묘해질수록 점점 더 계산을 할 수 없게 된다.

채드윅과 동시대를 살면서 그의 정책을 신랄하게 꼬집은 찰스 디킨스는

숫자 헤아리기를 반대한 기념비적인 소설 『어려운 시절』을 썼다. 내용은
이렇다.

따뜻한 마음씨를 가진 서커스 소녀 시시 주프가 입양되어 학교에 갔다. 시시는
어려서부터 말들과 함께 자랐기 때문에 말에 관한 것이라면 모든 것을 알고 있
다. 하지만 수업시간에 말을 정의해 보라는 질문을 받고서 아무 대답도 하지 못
한다. 그러자 다른 학생이 이 순진한 소녀를 간단히 제압해버린다.
"네 발을 갖고 있고요, 초식성입니다. 이빨이 마흔 개인데 어금니가 스물네 개,
송곳니가 네 개, 그리고 앞니가 열두 개입니다. 봄이 되면 털갈이를 해요. 말발
굽은 딱딱하지만 쇠로 편자를 달아야 해요. 말의 나이는 이빨의 상태로 알아봅
니다."
"자, 20번 학생. 이제 말이 뭔지 알겠지?"

우화 같은 이 소설은 1세기가 훨씬 지났지만 여전히 근원적인 질문을 던
진다. 인간은 우리가 잘 아는 것임에도 이를 해부하여 측량해야 직성이
풀린다. 물, 푸른 하늘, 들풀, 동물들…. 이것들이 하나씩 해부될 때마다
우리는 신비감이나 외경심을 잃어버린다.
분명한 것은 앞으로 숫자의 세상은 더욱 공고해지고 확대될 것이라는 점
이다. 새로운 현상이나 이론이 탄생할 때마다 새로운 지표와 지수들이
만들어질 것이다. 숫자의 무한팽창에 인간의 감정까지 속속 계량화할 것

이다. 숫자 때문에 우리는 세상을 무의식적으로 바라보고, 결국 우리 자신을 기계로 바꿔가고 있는 중이 아닐까? 단언하지는 않았지만 지은이는 숫자를 주무르는 사람들에 의해 침묵을 강요당하는 '질식할 듯한 세상'에서 나와 우리는 어디에 있느냐고 묻는다.

현대인, 당신들은 지금 무슨 숫자를 외우고 있는가? 그것은 혹시 주문이 아닐까?

숫자로 계량화된 별난 것들

외계인에 의해 납치되었다고 주장하는 미국인의 총수=3백 70만명

미국의 환자들이 의사의 제지를 받지 않고 자기 증상을 말할 수 있는 평균시간=18초

영국 사람들이 매년 교통 정체로 낭비하는 평균시간=11일

전 세계 사람들이 하루에 벌이는 섹스의 횟수=1억 2천만회

1회용 기저귀가 쓰레기장에서 자연적으로 분해되는 데 걸리는 시간=약 5백년

미국에서 매일 학교에 반입되는 총의 수=13만 5천 자루

화랑 방문자가 각각의 그림 앞에 서있는 평균시간=10초(1987년), 3초(1997년)

영국 사람이 매해 전화통을 붙들고 상대방이 나오기를 기다리는 시간의 합계=45시간

블루, 천년의 기다림

『블루, 색의 역사』 – 뒤바뀐 색의 운명

색깔도 시대에 따라 부침을 거듭했다. 색이란 자연에 널리 퍼져 있었지만 인류는 이를 아주 어렵게, 그리고 뒤늦게 인식했다. 색을 생활 속에 끌어들이고 거기에 이름을 붙였을 때 비로소 색은 인간사회에서 재탄생했다.

현대인이 가장 좋아하는 파란색. 블루진이 모든 거리를 휩쓸고, 국기와 휘장에 가장 많이 등장하는 청색이지만 지금으로부터 천년 전 서양에서는 파랑(블루)이라는 이름조차 없었다. 물론 분명히 인간 곁에 존재하고 있었지만 그저 보이는 대상일 뿐, 있는 듯 없었고 없는 듯 있었다. 파란색의 역사는 그 자체가 색의 역사이며 색의 역사는 사회의 역사이다. 『블루, 색의 역사』(고봉만, 김연실 옮김)는 이름도 갖지 못했던 못난 청색이 현대인의 가장 사랑받는 색으로 어떻게 거듭났는지를 시대순으로 추적했다.

이름도 갖지 못한 비천한 색깔

모든 고대사회에서 기본 3색은 적색, 백색, 흑색이었다. 이 3색은 빛에서 파생되었다. 아마 태양에서(붉음), 환한 낮에서(흰), 어두운 밤에서(검정) 색감이 유래되었을 것이다. 로마인에게도 빛의 색깔은 흰색이나 금색이 배합된 붉은 색이었지 파란색은 아니었다. 화가들도 주로 흰색, 노란색, 빨간색, 검정색 등 4가지 색으로만 그림을 그렸다. 로마인들에게 파란색은 미개인의 색깔이었다. 파란 눈을 로마인들은 경멸했다. 남자는 교양이 없는 것으로, 여자는 정숙하지 못한 것으로 여겼다. 또 청색 옷을 입었다면 야만스럽고 하찮은 사람으로 여겼다. 로마인에게 청색은 밝은 톤일 때는 보기에 흉하고 어두울 때는 두려운 느낌을 주었다. 그래서 죽음이나 지옥을 연상시켰다.

서양 중세 초기에도 청색은 고대 로마와 마찬가지로 높이 평가받는 색깔도, 사물을 돋보이게 하는 색깔도 아니었다. 아무 의미가 없거나 별것 아닌 색이었다. 여전히 흰, 검은, 붉은 색이 세상을 지배했다. 서기 1000년쯤에 발표된 '빨간 모자' 동화는 이 3색을 중심으로 이야기가 펼쳐진다. 빨간 모자가 달린 망토를 입은 작은 소녀가 하얀색 치즈를 검은 색 옷을 입은 할머니에게 가져다주는 것이다. '백설 공주' 도 마찬가지다. 검정 옷의 마녀가 (독이 든) 빨간색 사과를 가져와 눈처럼 흰 피부를 가진 소녀에게 먹인다. 청색은 여전히 빠져 있다.

성모 마리아 옷으로 거듭나다

12세기에 들어 청색은 비로소 기지개를 켰다. 더 이상 이름도 변변하게 붙여지지 않은 채 늘 구박만 받는 천덕꾸러기가 아니었다. 아주 짧은 기간에 귀족적인 색으로 돌변했다. 일부 작가들은 색 중에서 가장 아름다운 색이라고 칭송했다. 색의 서열이 바뀌는, 색의 새 질서가 태동했다.

파란색을 새롭게 탄생시킨 것은 성모 마리아였다. 중세 성화(聖畵)는 아들의 죽음을 슬퍼하는 성모 마리아에게 주로 어두운 색의 옷을 입혔다. 청색은 이러한 슬픔을 상징하는 색 가운데 하나였다. 성모 마리아에 대한 숭배는 청색의 지위까지 격상시켰다. 푸른 옷은 근엄하면서도 신비스러운 분위기를 연출했다. 그러자 왕들이 청색 옷을 입기 시작했고, 그 후에는 제후들이, 다음에는 너나없이 입었다. 문학 속의 청색도 과거의 부정적 이미지가 완전히 탈색되어 나타났다. 기사도 문학의 예를 들어보면 적기사는 흔히 악의로 가득 찬 사람으로, 흑기사는 자신의 정체를 숨기고자 하는 인물로, 청기사는 용감하고 충성스럽고 성실한 인물로 나타났다. 시인이자 음악가인 마쇼(1300~1377)는 "색에 대해 판단할 수 있고 / 그 의미하는 바를 정확하게 말할 수 있는 자는 / 청색이 모든 색의 황제라고 말할 것이다"라고 노래했다.

14세기 중반부터 청색은 기존의 기반과 명성을 지니고 있는 붉은 색, 중세 말기부터 옷색깔로 엄청난 인기를 얻게 된 검정색과 치열한 생존경쟁을 벌였다. 하지만 이러한 시련은 청색의 지위를 더욱 강화시켜 주었다. 무엇보다 청색은 왕과 성모 마리아의 색으로 권위와 도덕성을 획득하고 있었기 때문이었다.

당시의 종교개혁가들은 "교회의 순결함은 영혼의 순결을 의미하므로 교회 안의 색은 어떤 역할도 할 수 없다. 그래서 추방해야 한다"고 주장했다. 그래서 종교개혁은 또다른 의미의 '색과의 전쟁'이었다. 격렬한 공방이 일었지만 이 가운데 청색은 나름대로 지지 공간을 넓혀갔다. 가장 아름다운 색은 자연의 색이며, 식물의 부드러운 녹색톤은 은총이 가득한 색이고, 모든 색 중 아름다운 색은 역시 하늘의 색깔이라는 주장이 설득력을 얻어갔다.

색 이상의 색, 우리들의 블루

18세기에 들어 연한 파란색이 유행을 하기 시작했다. 이 유행은 귀족층과 부르주아 계급 전체에 퍼져나갔다. 엷은 청색 계통의 색조를 지칭하는 어휘가 놀랄 만큼 다양해졌다. 1765년쯤 프랑스에서는 청색조들을 지칭하는 일상적 단어가 24가지나 있었다. 그중 16개가 엷은 청색을 칭하는 것이었다. 그만큼 청색의 세계는 넓고 깊어졌다. 계몽주의 시대와 낭만주의 초기의 문학에는 이런 청색톤의 유행이 잘 투영되었다.

'내가 샬로테와 처음으로 춤을 추었을 때 입었던 간소한 청색 연미복을 버리기로 결심하기까지는 많이 고통스러웠습니다.' 1774년 발표된 서한체 소설 『젊은 베르테르의 슬픔』의 한 대목이다. 괴테가 묘사한 청색 연미복은 '베르테르 붐'을 타고 유럽을 청색으로 뒤덮이게 만들었다. 베르테르의 청색 연미복은 낭만주의의 전형적인 색깔로 꼽혔다. 낭만주의는 청색을 숭배했다. 시세계를 청색으로 꾸몄다. 청색은 사랑의 색, 우수와 꿈의 색이 되었다. 그 이미지는 현대까지 이어지고 있다.

독일에서는 파란색을 미국 음악 양식인 블루스와 연관시켰다. 우수에 찬 4박자의 느린 리듬이 특징인 블루스는 블루라는 색의 이미지와 어울려 독특한 분위기를 연출했다. 블루스는 '블루 데빌'(푸른 악마들)을 줄인 것인데 '푸른 악마'란 우울함, 향수병, 울적함 등을 나타냈다. 이런저런 호재로 청색은 다른 색을 추월하기 시작했다. 그 중요한 역할을 담당한 것은 단연 진(jean)이었다. 1935년 패션잡지 『보그』가 상류층 분위기의 청바지 광고를 게재한 이후 블루진은 도농, 빈부, 남녀의 구별이 없이 모두가 입었다. 특히 1950년 이후에는 청색의 전성시대였다.

파란색은 흰색, 검정색, 베이지색을 제치고 가장 사랑받는 옷색깔로 등장했다. 사람들에게 가장 미움을 덜 받는 색이다. 이제 블루라는 단어는 환상적이고 매력적이며 사람들을 꿈꾸게 하는 말이 되었다. 색깔과 별 상관이 없는 것들에도 '블루'라는 제목을 붙인다. 이 단어의 울림은 부드럽고 기분 좋으며 흐르는 듯한 느낌을 준다. 흡사 블루스 리듬처럼. 눈을 감아도 보이는 색깔, 우리들의 블루. 이렇게 되기까지 1,000년이 걸렸다.

블루진을 입고 거리를 활보하는 젊은 여성들.

청색의 발랄함이 도시를 살아 꿈틀거리게 합니다.

그러나 천년 전에는 변변한 이름도 갖지 못했답니다.

로마인에게 청색은 죽음이나 지옥을 연상시켰답니다.

하지만 요즘은 청색의 전성시대입니다.

'블루' 라는 단어는 사람들을 꿈꾸게 합니다.

블루스 리듬처럼 매혹적입니다.

그렇다면 천년 후에는 어떤 색이

지구와 지구인의 마음을 물들일까요?

날자, 비평이여

작년 한해 꽤 열심히 책마을을 쏘다녔다. 마을 앞 글밭도 유심히 지켜봤다. 글밭에서는 여전히 각종의, 각색의 글들이 싹을 틔우고 여물었다. 사람들은 평년작이라고 했다. 헌데 유독 시, 소설 등이 모여 있는 문학두둑은 올망졸망한 것들이 볼품없이 나뒹굴고 있었다. 실하고 자태가 빼어난 것들도 더러 있지만, 무성했던 그 옛날에 견주면 초라하기 이를 데 없었다.

한때 책의 대명사요, 출판계의 총아였던 문학이 이렇듯 무너지다니…. 요즘은 가히 영화의 전성시대이다. '떴다' 하면 수백만 명이 본다. 문학은 다른 볼거리들에 자꾸 밀려나고 있다. 확연히 변방을 떠돈다. 그걸 문인들만 부정하고 있다. 아직도 문학은 신성한 것이고 문인은 떠받듦을 받아야 한다는 망상에서 깨어나지 못하고 있다. 한없이 가벼워지는 시는 차치하고 소설을 살펴봐도 그렇다. 어디서 읽은 듯한 천편일률적인 세태소설, 페

미니즘을 가장한 불륜소설, 사소한 것들을 한껏 부풀리는 사소설, TV 사극에 맞춰 쏟아져 나오는 그만그만한 깊이의 역사소설 등…. 어느 시절보다 가장 많은 문인들이 존재하지만 문학이란 소출은 갈수록 보잘 것이 없다.

좀더 자세히 들여다보면 '문학비평' 역시 말라 비틀어져 흉측하다. 이제 비평을 찾아 읽는 독자들은 거의 없다. 비평다운 비평이 없기 때문이다. 심하게 말하면 비평은 없고 '찬사' 또는 '저주'만이 있다. 비평가들이 문단 패거리에 들어가 자신의 패거리를 위해 용감하게 싸운다. 시집이나 창작집에 붙어있는 해설은 상투적 문구의 광고에 가깝다. 저축한 몇푼어치의 지식은 남을 공격하는 데 동원된다. 그래서 비평가는 무엇을 얻는 것일까. 문단 주류에 편입되는 티켓? 문단 권력에 기생하며 나름대로 포식할 수 있는 식권? 다른 패거리를 공격한 전공(戰功)으로 얻은 문명(文名)? 그들은 조직의 배려로 교수, 주요 출판사의 한자리, 잡지사의 주요직책 등에 앉는다. 그리고 조직에 충성한다. 비평은 생존도구일 뿐이다.

비평이 상업주의의 늪에 빠졌다. 오래된 일이다. 출판사나 안면있는 작가의 권유로 양산되는, 겉은 번지르르해도 울림이 없는 글들. 그들은 이제 그것들을 고민없이, 거침없이 생산해내고 있다. 문학이 한없이 가벼워져도 감히 꾸짖지 못한다. 자본의 힘에 고개숙인 비평가들. 비평의 목소리가 아닌 동조의 목소리로, 주체가 아니라 객체로, 스스로 부속물이 되어가고 있다.

대형출판사들이 자본으로 비평가들을 들러리 세우고도 문학서적은 잘 팔리지 않고 있다. 그러면 앞으로 어떻게 될까. 출판자본은 강도를 높여 광고 카피성 비평을 요구할 것이다. 그래도 상품성이 없다면 문학 자체를 버릴 것이다. 문학동네에는 폐가가 늘어갈 것이고, 작품화되지 못한 정신의 뼈들이 나뒹굴 것이다. 가짜와 사기행각이 판을 칠 것이다. 어설픈 문인들이 대가인 척 사이비 교주 행세를 하며 권력으로 문학을 구하겠다고 달려들 것이다.

문학의 위기를 숨기려 해서는 안 된다. 지금까지는 누구도 말하려 하지 않았고 그 누구도 인정하려 들지 않았다. 믿기 싫으니까, 문인이란 눈부신 지위에 금이 가니까, 문학 신비주의가 벗겨지니까. 그래서 문학은 더욱 형편없이 쪼그라들었다. 문인들은 이제 높은 권좌에서 내려와야 한다. 턱없이 부풀려진 자만심도 걸러져야 한다. 현란한 수사로 위장하지 말라.

감시자가 없으면 그 어떤 것도 썩는다. 한국 문단에는 '기형'을 생산하는 문학권력이 분명 있다. 그 권력에 기대어 억지논리를 생산하는 비평가의 매문(賣文)이 곧 한국 문학의 절망이다. 순수 비평이 사라진 곳에 어찌 창작의 긴장감이 흐르겠는가? 비평이 죽으면 문학이 죽는다.

나는 근래 비평이 비평이기를 간절히 소망하는 사람들의 고뇌를 읽었다. 동인지 「비평과 전망」이다. 그들의 날갯짓이 머지않아 비상(飛翔)하리라 믿고 싶다. 아울러 그들이 또다른 권력이 되지 않기를, 늘 자신에게 매질하기를 바란다. 비평의 부활이 보고 싶다.

사랑은 우주의 힘이다

『지식의 다른 길』 - 현대 문명의 허상 해부

지난 20세기 과학과 기술은 실로 눈부시게 발전했다. 지식의 무한 팽창은 흡사 핵폭발을 보는 것 같았다. 막강한 과학의 힘은 어떤 영역이나 한계를 거침없이 격파했다. 과학은 문명을 불렀고 문명은 다시 과학에 기댔다. 거칠 것이 없었다.

하지만 과학은 증오의 씨앗을 품고 있었다. 전쟁과 이념투쟁으로 포성이 멎지 않았다. 두 차례의 세계전쟁이 터졌고 강자가 모든 것을 차지했다. 20세기는 가히 거대한 무덤이었다. 모든 사물을 분리해서 생각하는 이분법적 사고가 세계를 지배했다. 적이 아니면 동지였다.

여기에 우주가 단지 물질들의 집합, 즉 영혼 없는 기계에 지나지 않는다는 생각은 모든 생명체들과 이 생명체들을 품고 있는 지구를 벼랑 끝으로 내몰았다. 과학은 '자연 지배'를 당연한 것으로 받아들였고, '이성적인 인간'이 '미개한 인간'의 무릎을 꿇렸다. 그러나 이제 자연의 움직임이 수상하다. 자연이 인간만을 위해 존재하는 것이 아님은 분명하다. 순종만 하지 않는다. 우리는 체감하지 못하지만 이미 자연의 보복이 시작되었는지 모른다.

새로운 세기로 넘어와 한 가지 다행스러운 것은 이러한 문명이라는 이름의 학살에 대한 성찰이 일어나고 있다는 점이다. 우리가 믿고 있는 지식은 과연 참된 것인가? 존 브룸필드는 『지식의 다른 길』에서 서구문명의 허구와 물신 위주의 삶을 통렬하게 꼬집는다. 그리고 참된 지식에 이르는 또다른 길들을 제시한다. 지구에 존재하는 철학과 사상을 뒤져 생명사상을 만든 그의 지구사랑 열정이 경이롭다.

지난 수천년 동안 인류를 지탱해온 지식을 파괴하고 몇 세기의 짧은 역사에서 얻은 신지식으로 무장한 신인류, 그들이 모든 생명체와 평화롭게 공존할 대안은 무엇일까. 그것은 옛날로 돌아감이다. 곧 자연으로 돌아감이다.

근대 서구인들은 인간이 다른 모든 것들보다 우월한 존재이고, 자연은 인간의 이익을 위해 존재한다는 오만한 생각을 해왔다. 급기야 자연의 힘이 인간에게 종속되었다는 극히 위험한 발상을 하기에 이른다. 그들은 선조들의 신성한 의식, 영적인 삶의 양태, 경배의 대상, 더불어 사는 지혜 등을 파괴했다. 그리고 수만년 함께 살아온 살아있는 것들의 생명을 앗았다. 아무런 죄의식도 없었다. 동료 피조물의 비명과 고통을 외면하는 문명의 집단의식은 얼마나 소름끼치는가.

해부와 실험에 익숙한 과학자들은 윤리의식까지 도려내 버렸다. 그들은 수렵생활을 했던 선조에게서 배워야 했다. 그 옛날 사냥꾼은 사냥당하는 동물의 명예를 훼손시키지 않았다. 동물의 영혼을 자유롭게 해주는 의식을 치러줬다. 이러한 의식은 이른바 생명체의 공생을 가져왔다.

스티븐 호킹은 "모든 것은 무(無)에서 만들어졌다"고 했다. 즉 무에 잠재적 존재가 있고, 공(空)에 역동적 충만이 있다고 간파했다. 우주의 목적은 생명이요, 생명의 메커니즘은 죽음이다. 우리 모두는 서로를 위한 희생물이다. 이 거대한 순환구조에서 인간만이 살려고 하면 모든 질서가 깨진다. 인간도 자연의 일부이며 이 순환에 참여해야 하는 부분이요 일원이다.

비(非)서구의 많은 문화들과 서구의 고대전통에서는 시간도 순환하는 것이라고 이해했다. 과거, 현재, 미래는 경계가 없다. 우리가 가고자 하는 곳은 곰곰 생각하면 미래가 아니다. 우리는 과거로 돌아가고자 한다. 우리들 꿈은 과거에 존재했기 때문이다. 미래는 죽음과 맞닿아 있을 수도 있다. 그래서 모든 시간은 현재 속을 흐른다. 미래와 과거가 현재에 속해 있다는 사실, 이 또한 순환이 아니던가.

스티븐 제이 굴드는 "인간은 진화라는 숲 속에 있는 조그마한 가지 하나에 지나지 않는다"고 했다. 우리는 인간이 우월하다는 주장이 잘못된 것임을 깨달아야 한다. 우리와 이웃인 자연의 영혼이 다시 돋아나고 푸른 지구의 전설이 다시 살아나야 한다.

빛나는 솔잎 하나하나, 해안의 모래알들, 울창한 숲 속의 물방울들, 잉잉거리는 벌레들 모두가 우리의 기억과 경험 안에서 성화된 것이다. 짐승들, 나무들, 사람들 모두가 같은 숨결을 나누고 있다. 사람이 생명의 망을 짜는 것이 아니다. 사람은 단지 그 안에 있는 하나의 가락에 지나지 않는다.

북아메리카의 인디언 추장 시애틀의 말이다. 이는 모든 피조물들에게 이로운 물질, 정신, 영혼을 짜는 방법을 배우라는 것이다.

마하트마 간디가 말했다. "인도는 영국의 굽에 밝히는 것이 아니라 현대 문명에 짓눌리고 있다." 이러한 간디를 경제학자 슈마허는 "20세기 사상가 중에서 간디만이 인간의 영적인 부분과 조화로운 경제체제를 제안했다"며 고개를 숙인다. '두려움이 없으면 분노와 공격심이 사라진다. 전지구적으로 생각하고 지역적으로 행동하라' 는 환경슬로건은 사실 간디의 말을 차용한 것이다.

비폭력은 순수 자체이다. 완전한 비폭력은 살아있는 모든 것들에 대한 나쁜 의지를 완전히 제거한 것이다. 간디는 신의 피조물들은 모두 살아 있을 권리가 있다고 믿었다. 우리의 지식을 미약한 생명체를 죽이는 것에 쓰지 말고 그들과 공존하는 방식을 발견하는데 사용한다면 우리는 이 세계 안에서 인간이라는 위치에 적합한 삶을 살 수 있을 것이라고 말했다.

생명에 대한 외경심과 참지식을 습득하기 위해서는 교육을 혁신해야 한다. 지은이 브룸필드는 학교가 영적공동체가 돼야 한다고 주장한다. 지식은 신비를 제거하는 것이 아니라 멀리서 빛나게 해야 한다고 생각한다. 신비에 대한 경외감 속에는 진리를 향한 진실된 마음이 내재되어 있다고 믿는다. 참된 진리는 이성을 통해서 찾아지는 것이 아니라 침묵 속에서 그 모습을 드러낸다. 동양의 현자들은 '침묵 속에서 가르칠 수 없는 것을 배운다'고 했다.

인간은 결코 고립해서는 살 수 없다. 또 지구에는 인간에게 도움과 조언을 줄 수 있는 현명한 생명체가 무수히 많다. 삶은 영원히 지속되어야 하고 우리는 이들과 함께 가야 한다. 그러기 위해서는 그들을 사랑해야 한다. 모든 오염은 마음에서 시작된다. 마음속의 헛된 지식과 논리를 비워 내려면 사랑해야 한다. 사랑의 눈으로 봐야 한다. 마음만이 우주를 품을 수 있고, 그래서 사랑은 우주의 힘이다. 인간과 지구를 구할 '제5원소'는 사랑이다.

동화의 힘

영화감독 스티븐 스필버그는 작업을 끝내고 쉴 때 동화를 읽는다고 한다. 그는 왜 동화 속으로 들어갈까. 아마 꿈을 얻기 위함일 것이다. 상상력을 빌리기 위함일 것이다. 공룡, 외계인, 인조인간, 그리고 꿈덩어리 어린이들…. 그들의 무한한 상상력과 순결한 생각을 스크린에 옮겨서인지 그의 영화에는 기상천외의 반전과 천진스런 유머가 있고, 이야기 속에는 따스한 피가 흐른다. 「쥬라기 공원」이나 「E.T」 「A.I」 같은 작품의 주인공은 동화 속에서 찾아냈을지도 모른다. 동화 속에 들어가 상상력을 재충전하는 영원한 어린이, 이 얼마나 멋진 인생인가.

동화책은 아이들만의 책이 아니다. 어른도 얼마든지 그 속에 들어가 꿈꿀 수 있다. 마음의 때를 씻어내기에는 이보다 더 좋은 글이 없다. 늙는다는 것은 꿈을 버리는 대신 걱정을 얻는 것이 아닌가. 설혹 그 내용이 유치하더라도 동화책을 읽기 위해 아이로 되돌아간다는 것은 얼마나 행복한 일인가.

할머니의 무릎 위에서 듣던 옛날 이야기는 재미있고 구수하고 스릴이 있었다. 그때 우리는 태어나 최초의 다른 세계를 여행했다. 이야기 속의 뱀은 꿈속까지 따라 들어와 해코지를 했다. 우리의 상상은 산을 넘고 강을 건너고 하늘을 날아다녔다. 그러나 이제 할머니는 계시되 옛날 이야기를 해주는 할머니는 안 계신다. 주인 잃은 이야기는 책 속에 그만그만한 흥미와 감동으로 진열되어 있다. 텔레비전과 컴퓨터가 할머니와 손자 사이에 거대한 벽을 쌓아놓았다.

그래서인지 요즘 출간되는 동화들은 재미만을 좇아 너무 가볍다는 느낌을 지울 수 없다. 특히 우리 정서와는 동떨어진 서양 동화들이 요란한 치장을 하고 아이들의 호기심을 자극하고 있다. 물론 동화가 권선징악(勸善懲惡) 같은 주제를 벗어난 지는 아주 오래된 일이지만 그렇다고 근본을 외면하면 울림이 없다. 여기서 근본이란 진지한 성찰이며 물음이다.

『마당을 나온 암탉』『몽실언니』『괭이부리말 아이들』 등은 어른들이 읽으면 또다른 맛이 우러나는 이른바 생각하는 동화다. 『마당을 나온 암탉』은 자기희생이 얼마나 아름다운 일이며 진정한 삶의 가치가 무엇인지를 독자에게 묻는다. 『몽실언니』는 지난 시기의 가난을 감싸 안으며 진정한 용서란 무엇인지를 보여준다. 『괭이부리말 아이들』은 버려진 아이들의 아픔과 함께 사랑이 세상을 바꿀 수 있음을 일러준다. 모든 것을 불러내어 사랑, 우정, 용기, 희생정신 등을 빚어내는 영혼이 맑은 사람들,

이야기를 만드는 동화작가들에게 경의를 표한다.

수천년 내려온 할머니의 이야기는 우리 시대에 끊겼다. 안타까운 일이다. 하지만 이 순간에도 어머니의 책 읽어주기는 계속되고 있다. 어머니가 아이에게 책을 읽어주는 것은 꿈을 심는 일이다. 어머니의 꿈이 자식에게 흘러들어가는 실로 '아름다운 의식' 이다. 이 의식을 통해 어머니의 영혼도 함께 맑아진다.

처음과 끝이 있는 곳

『가보고 싶은 곳 머물고 싶은 곳』의 정신유산

절은 어떻게 태어날까. 유명 사찰에 가보면 꼭 그 자리에 그 절집이 있어야만 할 것 같다는 느낌을 받는다. 왜 그럴까? 거의 모든 절에는 창건 설화가 전해 내려온다. 그 내용을 뜯어보면 다르면서도 같다.

모두 신과 인간과 자연이 등장하고 서로 교통한다. 절은 인간이 무릎을 꿇는 마지막 땅이다. 신이 인간의 미욱함을 품어주는 구원의 공간이며 스님들이 자신의 몸을 매질하며 정신을 깎는 구도의 현장이다. 그래서 가람은 속세와 피안, 고통과 구원, 미망과 깨달음의 경계에 있다. 결국 인간과 신 사이에 있다. 처음과 끝이 그곳에 있다.

지은이 김봉렬은 가람을 '입체적으로 표현된 건축적 경전이며, 신앙의 거대한 만다라'로 규정했다. 절 이곳저곳을 거닐다가 홀린 듯 어느 한곳에 멈춰 서서 건축에 숨어있는 지형적, 교리적, 사유적, 철학적 의미를 새겨본다. 그리고 그것을 만든 선인과 만난다. 선인들의 장인정신이 남아있는 유일한 공간 절, 그 건축 자체에 대해서 지은이는 경배한다.

넘쳐날지라도 낭비하지 않았으며 모자람이 있어도 옹졸하지 않았던 분들, 배우지 않았어도 결코 무지하지 않으며 아는 것보다 실천에 앞장섰던 분들, 환경이라는 말이 없어도 자연과의 조화를 으뜸으로 여기며 이 땅의 풀 한포기, 나무 한 그루를 아끼며 살다간 이름 없는 스님들, 목수님들, 장인들…

가람에서 무엇을 발견했기에 합장을 하는가. 그것은 자연이다. 자연만이 신성(神性)과 인성(人性)을 동시에 품을 수 있다. 지은이는 '자연을 잘 읽어낸 선인들의 솜씨'를 다시 읽어낸다.

건물은 건축의 일부일 뿐 건축 그 자체가 아니다. 한국의 가람에서 건물은 하나의 방에 불과하다. 전체를 살펴야 비로소 건축이 보인다. 가람을 만든 '승려 건축가'의 마음을 읽을 수 있다. 그래서 뜰 앞을 스치는 바람, 공간을 메우거나 이어주는 소나무의 그늘, 간밤 용맹정진의 치열함을 씻어주는 새벽 공기도 건축물에 포함돼야 한다. 그래서 한국 건축물의 진정한 주인은 외부 공간이라고 한다.

지금의 한국 불교는 어떤가. 건축은 애써 보지 않으려 한다. 건물만을 지으려 한다. 그 안에는 조급함과 포만감만 가득하다. 이 책은 많이, 넘치도록 복을 비는 현대인의 경박하고 탐욕스런 종교의식을 꾸짖는다. 돌아보면 곳곳에서 '크고 우람한' 불사(佛事)가 한창이다. 여백을 깨뜨리고 순리를 짓밟는다. 산속에 유리되어 그나마 보존했던 위대한 유산이 사라져간다. 새것을 만들되 결코 옛 정신을 파괴하지 않는 것이 위대한 윤리이다. 변화를 받아들이면서도 전통적 질서를 잃지 않았던 고귀한 앞 스님들의 심미안은 언제 부활할 것인가.

해인사 앞산에 올라보면 험준한 가야산 자락에, 밝고 고요한 터에 해인사가 자리잡고 있음을 알 수 있다. 마치 가야산의 울창한 수풀은 풍랑이 이는 바다와 같고 해인사는 그 바다 가운데에 피어난 한 송이 연꽃과도 같다. 화엄의 세계, 연화상 세계가 바로 이를 말함이 아닌가.(해인사 국사단)

옛사람들은 직선을 곡직(曲直)하다고 표현했다. 한국 건축에서 사용한 직선은 한 치의 오차도 없이 똑바른 수학적 직선이 아니라, 곡직한 직선이었다. 어떤 극단을 추구하는 것이 아니라 중용적인 미학을 존중한 결과일 수도 있다. 직선적이 아니라 곡선적이며, 정교하기보다는 투박하고 역동적인 미학이 전통 건축의 아름다움이다. 그 위태위태한 아름다움을 청룡사 대웅전에서 다시 한번 확인하게 된다.(청룡사 대웅전)

온 산이 부처의 몸이기 때문에, 뒷산에 널린 돌멩이 하나도 부처의 뼈가 되고 풀포기 하나도 부처의 모발이 된다. 법흥사 적멸보궁이 전하고 있는 뜻은 바로 그것이다. 그 좁쌀만한 사리를 왜 찾으려 하는가? 온 산이, 온 세상이 부처인데.(법

292 뿔난 그리움

전남 승주군 송광사의 전경입니다.

크고 작은 절집들이 산의 품에 안겨 있습니다.

꽉 짜인듯 하면서도 여백이 있어 보입니다.

가람은

속세와 피안,

고통과 구원,

미망과 깨달음 사이에 있습니다.

그래서 절은 인간을 품고,

산은 절을 품습니다.

흥사 적멸보궁)

보면 볼수록 빨려드는 한국 가람. 그 매력의 핵심은 무엇인가. 다음과 같은 노자의 가르침(노자 45장 洪德篇)이 이 책을 관통하고 있다.

크게 완성된 것은 마치 찌그러진 듯하며(大成若缺)

크게 곧은 것은 마치 굽은 듯이 보이며(大直若屈)

크게 정교한 것은 마치 서투른 듯이 보인다.(大巧若拙)

자연 속에는 직선이 없다. 선을 그으면 그 선에 찔리거나 갇힌다. 그래서 가람은 자연의 품에 안겼다. 그리고 인간을 품었다.

지평선에서 오는 사람

신대철 / 시인, 국민대 교수

이 산문들이 경향신문에 연재될 때 나는 애독자였다. 짧지만 예리한 산문들을 읽으며 세태 비판에 공감하고 깊은 감동을 받았다. 예기치 않게 이 좋은 산문에 덧붙이는 글을 쓰려 하니 긴장이 된다. 아마 분에 넘치는 일이기 때문일 것이다. 이 산문집에서 받게 될 신선한 감동적 내용에 대해서는 앞으로 설레면서 읽을 독자분들께 맡기기로 하고, 나는 다만 이 산문들을 있는 그대로 읽게 할 수 있는 그의 시와 인간적 편모에 대해서만 말하기로 한다.

김 시인은 아직도 시집 한 권 내지 않은 시인이다. 그런 그가 시집보다 먼저 산문집을 낸다. 얼핏 생각하면 낯설겠지만 그의 창작 경력을 아는 친구들은 자연스럽게 여길 것이다. 김 시인은 T고등학교 재학시절부터 소설을 썼다. 소설가 지망생이었다. 앙리 보스코의 「아이와 강」이나 황순원의 「소나기」 같이 신비스럽고 순수한, 동화적인 사랑 이야기를 발표하여 주목을 끌었다.

당시 그의 담임교사였던 나는 그의 역동적 상상력과 자연 이미지에 매료되어 시도 함께 써보라고 권유했다. 그는 1등만 하는 모범생이었다. 공부만 하지 말고 소설도 아닌 시를 써보라는 담임의 부탁에 한동안 마음고생이 심했으리라. 그는 내 권유를 받아들여 시와 소설을 함께 썼지만 동국대학교에서 주최한 문예작품 공모에 소설이 입선되면서, 그리고 그 소설로 동국대학교 국문과에 진학하면서 시와 거리를 두게 되었다. 그로부터 세월이 한참 지난 뒤에야 김 시인은 그의 시적 재능을 아끼시던 혜산 박두진 선생님의 추천을 받아 『현대문학』으로 등단했다.

이제 김 시인도 시집을 낼 때가 되었다. 내가 아는 한, 김 시인의 작품은 발표 안 한 것까지 합치면 시집 두 권 분량이 넘는다. 만날 때마다 재촉해 보지만 그는 언제나 머리칼을 쓸어 넘기거나 빙긋이 웃는다. 그럴 때마다 나는 문득 그가 태어난 곳, 청보리밭이 끝없이 펼쳐진 광활 들마을을 떠올리곤 한다. 지평선 마을인 광활에 가면 길가 어디서나 마주치게 되는 그 풋풋하고 싱그러운 웃음, 나는 그 웃음 앞에서 그저 지평선을 보는 것으로 만족할 수밖에 없다. 내가 지평선을 바라보고 있는 동안 그는 아마 광활에서 천천히 지평선을 넘어 그의 시의 고향인 신태인까지 걸어갔다 올지도 모른다.

평야가 무엇인지도 모르고 새떼를 쫓고 우렁을 잡고 연 날리고 논두렁길을 걸어 노을이 지는 곳까지 한없이 가다 몇번이나 되돌아왔을 꿈같은 유년 시절, 말보다 먼저 몸으로 땅과 하늘이 맞붙은 곳을 익히고 물과 바람과 사람을 사랑하고 그리워한 유년 시절, 그 아름다운 유년 시절에 대한 추억은 살붙이와 살붙이 같은 이웃들이 하나 둘 고향을 떠나고 김 시인도 고향을 떠나면서 낯설게 되었다.

신태인서 감곡 가는 길 옆, 태화동

서울에서 모셔온, 어머니를 놓아 드리고

주저앉은 집들을 일으켜 세우며

마을로 들어서자, 낯익어 낯설구나

아버지들은 왜 일찍 그것도 일제히 세상을 떴을까

나이 들어 과부랄 수도 없는 어머니들만

지고 온 세월을 부리고 있지

가겟집 아줌마는 어느 순간에 할머니가 되었을까

창선네 어머니는 서울 딸네집에 가고

연순네 어머니는 일본 딸네집 가고

진수네 할매는 진수따라 서울로 가고

문기네 어머니는 문기따라 돌구지로 이사가고

그래, 도톰했던 빵집아줌마는 일찍 돌아가셨지

어디로 누구따라 가셨을까?

방환이 형네 어머니만 혼자 남아 마을을 지키네

배에 물이 차는 병에 걸려

꺼익꺼이 울음까지 차도만

　　　　　－〈귀향, 들어가면 비어 있는〉 앞부분

고향을 떠났던 사람들은 누구나 다 느끼는 일이지만 시간이 흐른 뒤에 고향에 들어서면 세상의 중심이었던 마을은 들 한구석에 줄어들어 있고 다닥다 닥 붙은 집들은 지평선보다 낮아져 있다. 이 시의 시적 화자처럼 낮은 집을 일으켜 세우지 않고서는 마을로 들어설 수 없다. 맑은 시냇물 밑바닥 모래 알갱이에 어른어른 스치던 그림자를 들여다 보다 문득 마주치던, 나도 모르게 우주의 기운이 몸속으로 들어와 밤새도록 두근대던 그 신성한 영혼을 다시 맞아들이지 않으면 고향에 들어설 수 없다. 그 신성한 영혼의 눈을 뜰 때 마을은 세상의 중심이 되고 들길은 지평선을 향해 뻗어나가고 들길이 외치는 소리가 들려온다. 하이데거식으로 말하면 '들길에서 일어나는 바람 속에 태어나서 들길에서 나는 소리를 알아들을 수 있는' 내력을 가진 사람으로 다시 돌아가야 고향에 돌아올 수 있으리라.

이 시의 시적 화자는 서울살이에서 벗어나고 싶어하는 어머니를 마침내 고향으로 모셔와 들길에 '놓아드리'면서 어머니의 삶의 근거였던 고향 사람들을 찾아보고 놀란다. 고향은 늙은 병인만 남아 있을 뿐 더 이상 들길이 외치는 소리를 함께 들으며 소박하게 살아갈 수 있는 곳이 아니기 때문이다. 그래서 시적 화자는 하이데거와는 달리 들길이 외치는 단순성, 상주성, 항상성 대신에 그의 삶의 근거지였던 문기네, 진수네, 연순네, 창선네, 방환이 형네를 호명한다. 고향 마을이 잃은 것은 들길이 외치는 소리가 아니라 그 소리를 함께 들으며 살아갈 사람들인 것이다.

이 시의 생명적인 힘은 수사적 표현없이 전개되는 사실적 내용과 과감한 생략 등에서도 찾아 볼 수 있겠으나 무엇보다도 시적 화자의 영혼의 눈만으로는 볼 수 없는 황폐한 마을 공동체의 붕괴를 어머니의 눈으로 확인하고 있는 데에서 온다. 시적 화자의 영혼의 눈으로 어머니의 눈에 비친 고향을 본,

이 효심이 가득한 시를 누가 감동없이 읽을 수 있겠는가.

이 산문들을 읽는 행복한 독자분들은 글 어디서나 이 시 속에 나타난 영혼의 눈을 마주치게 되고 그 영혼으로 본 어머니의 눈빛을 느낄 것이다. 우리가 사는 일에 매여 우리 손으로 효순이와 미선이의 추모비 하나 세우지 못하고 우리가 모르는 사이 나와 너의 존재가 사물의 존재로 전락하고 있을 때 그 눈빛은 더 고통스럽게 느껴질 것이다.
이 시의 감동이 유지되는 동안 그의 산문 한 토막을 함께 읽어 보는 것으로 이 글을 끝내기로 하자.

"한 시대가 저물었다. 명예도 바래고 권좌도 늙는다. 당신의 역할도 끝났다. 이제는 할아버지로 돌아가야 한다. 고향 하의도나 아니면 동교동에서 인자한 이웃집 할아버지로 살아갔으면 좋겠다. 이제는 비범을 버리고 평범을 배워야 한다."

― 「할아버지 김대중」에서